品嘗好書　冠群可期

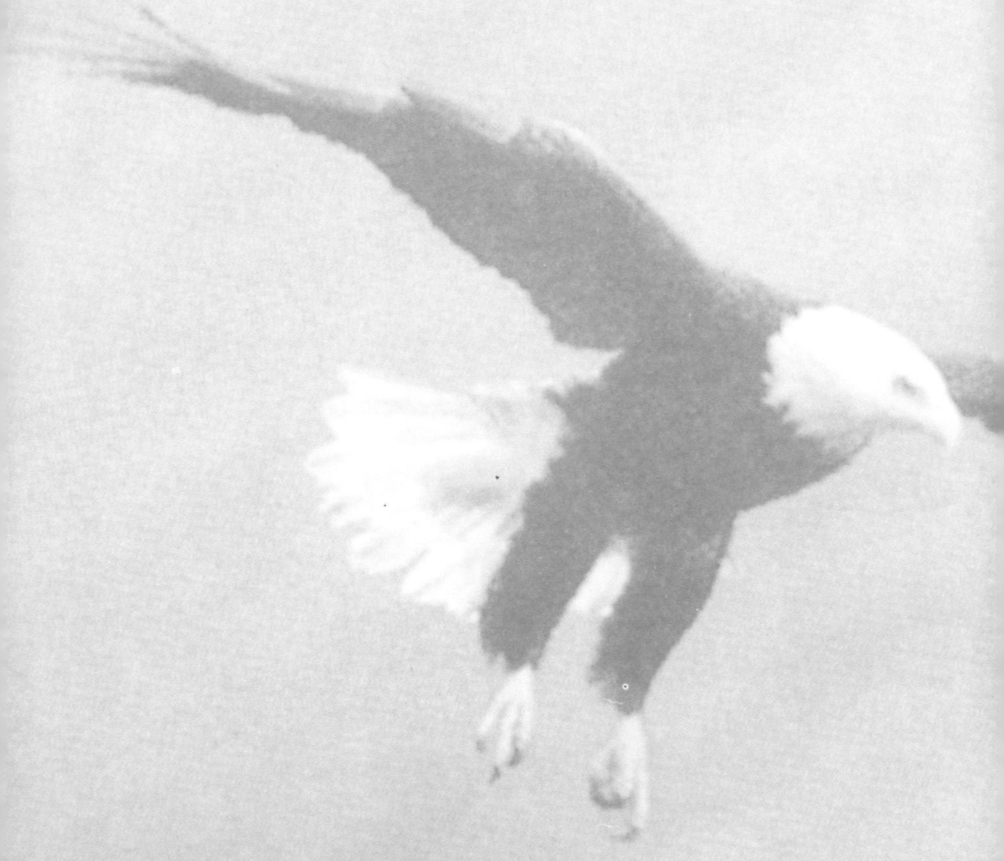

魔人銅鑼

江戶川亂步

皇冠文化出版社

目錄

魔人銅鑼

少年偵探⑯

魔人銅鑼

江戶川亂步

姊姊

空中萬里無雲，陽光照耀大地，這裡是一片寬廣的原野。

原野中，十二、三名就讀小學五、六年級到初中一、二年級的少年聚集在一起。其中只有一名女子，這位美麗的少女已經高中畢業了。她穿著深紫色的洋裝，正在那裡笑著。

如果說她是少年們的老師，那也未免太年輕了；而當她是少年們的朋友，則年紀又嫌稍大了一些。

站在少女身邊的，就是少年偵探團的團長小林。

他正在對眾人說話。

「今天將各位團員召集到這裡來，是為了向各位介紹我的姊姊。」

原來，原野上的少年們都是少年偵探團的團員，少年們圍成一圈，將美麗的少女和小林團長圍在中間，眼中充滿著好奇，靜靜、仔細的聽團長說話。

「雖說是姊姊，但不是親生姊姊。她是明智老師的新弟子，也就是明智老師的少女助手。」

小林的臉微微泛紅，搔搔頭繼續說道：

「我是老師的少年助手。而小植是少女助手。她的名字叫花崎植。」

這時候，美麗的少女笑了起來，傾身向大家打招呼。

「小植是明智老師的外甥女。是夫人姊姊的孩子……」

小植接著說道：

「怎麼這麼難表達啊！我來說明好了。明智老師是我的姨丈。因此，我從小就很喜歡偵探。我已經高中畢業了，並沒有進入大學就讀。想要當老師的助手。我的父母也都贊成。因此，我就變成小林的姊姊啦！各位，大家好！」

「那麼，妳也是我們的姊姊了！」

突然說出這句話的是野呂一平。野呂就讀小學六年級，不過，他的身材瘦弱，看起來就好像四年級的學生一樣。野呂的力量很弱，是偵探團中最膽小的一位，綽號阿呂。儘管如此，野呂卻很聰明，並且非常尊敬小林團長，因此，他拜託團長讓自己成為偵探團的團員。野呂很可愛，大家都很疼愛他。

「好啊！那麼就當大家的姊姊好了。」

小植爽快的回答。少年們發出「哇」的喜悅聲。

「我也很喜歡當偵探，我可不會輸給你們哦！我的爸爸名叫花崎俊夫，是一位檢察官。爸爸教我很多事情，我和爸爸的朋友法醫學（與法律有關的醫學。負責調查死因、死亡時間、血型與指紋等）老師的關係很好，因此，我非常了解法醫學。

長大之後我準備成為女偵探。雖然爸爸覺得我太任性了，但是我已經下定決心。未來我會和大家好好的相處，希望各位把我當成少年偵探團的客人（在團體中獲得特別待遇的人）。」

「不是客人，是我們的女王。女王萬歲！」

阿呂又大聲叫著。少年們在他的帶動下，齊聲高呼「女王萬歲！」結果小植成為少年偵探團的顧問，也就是顧問姊姊。有這麼美麗的姊姊和顧問，少年偵探團的團員們更加元氣百倍。

在燦爛的陽光下，小植姊姊的介紹到此結束。這的確是令人快樂的一天，眾人都不會忘記這一天的事情。

巨人的影子

四、五天後的晚上，少年偵探團的團員井上一郎和阿呂，在井上爸爸的陪同下，走在銀座街上。

井上和阿呂是很好的朋友。井上是少年偵探團中個子最高、力量最大的一位，阿呂則正好相反，最瘦弱，力量最小，同時也比較膽小。但是兩人竟然相處得非常好，真是令人驚訝。

井上的爸爸年輕時是拳擊手，現在擔任拳擊會的幹部，因此，經常有許多拳擊手到他們家做客。

井上一郎經常接受這些人的指導，因此比起一般的少年而言，拳擊技巧更為高明。在學校裡沒有人敢欺負井上。

阿呂經常到井上家玩。今天是個特別的日子，井上的爸爸帶他們兩位少年一起去看電影。歸途中，在銀座喝過茶之後，往新橋車站的方向走去。

「咦！我看到一道閃光，是閃電嗎？」

阿呂好像有點害怕似的說著。他很怕打雷，因此經常注意閃電。

但是，剛才出現的並不是閃電，而是奇怪的光芒。抬頭看看天空，發現空中有星辰，並沒有打雷聲傳來。

「不是閃電啊！這是怎麼回事？」

井上也覺得很不可思議的看看周圍。

這時，一道白色強光閃過銀座的街道，以驚人的速度通過。

「啊，我知道了！是探照燈。是百貨公司屋頂上照下來的燈。」

井上先生為了讓阿呂安心，因此這麼說。雖然百貨公司已經打烊了，但是從屋頂上持續照射探照燈並不奇怪。

「你看，又閃了。好像惡作劇似的。」

井上這麼說，爸爸也點了點頭，說道：

「嗯，真奇怪！探照燈應該照向空中才對呀！」

井上先生露出狐疑的表情。

探照燈竟然往銀座的街道照射。光芒劃過新橋，像箭一般掠過銀座的電車道（當時銀座的街道上還有路面電車），立刻通過京橋的方向。

光線通過時，銀座的商店、電車、汽車上的人以及行人，感覺好像瞬間看到一道白色光芒。

不久之後，探照燈仍然持續閃爍著。這次是從京橋的方向慢慢的靠了過來，照射在井上等人正要通過的馬路對面的大建築物上，接下來光線停止不動。

「咦！真是奇怪？怎麼一直照著那家銀行？」

阿呂覺得有點疑惑的說著。

真的很奇怪。銀行的窗戶與入口都安裝了鐵門。三層樓建築物的正面，就好像電影銀幕似的，被光線照得白晃晃的。探照燈一動也不動的持續照射在那裡。

站在這頭的三個人看到這種情形，不禁佇足凝望。

這時，被照成一片雪白的銀行牆壁上方，有一個如同黑雲般的影子慢慢的落下來。是一種淒黑、凹凸的影子。

正中央有突出的部分。下方是好像深谷般的陷凹處。令人驚訝的是，陷凹處竟然一開一閉的移動著。

「哇！是人的臉。咦，井上，那是人的臉耶！」

阿呂的手搭在井上的肩膀上，輕聲的對他說。

被照亮的三層樓建築物的水泥牆上，出現比實物放大千倍的人的側臉。也就是說，有人站在探照燈的前方，因此影子清晰的映在牆壁上。可以確認那是活人，因為他的嘴巴正在移動。像谷一般的深陷凹處是巨人的嘴，上方突出的部分是鼻子。鼻子上方是陷凹的眼睛，更上方有粗大的眉毛。頭也變得很大，上方還有頭髮。

這時，雖然銀行前方的交通已經中斷，但是，有一名女子從左邊走了過來。她可能已經注意到炫目的探照燈光線，不過並沒有察覺巨人的影子。因為目標太大了，因此，走在近處根本看不清楚影子的樣子。

穿著洋裝的年輕女子走在前方，似乎打算走入探照燈光中。這時，

不知道從哪裡傳來奇妙的聲音。

「噹……噹……噹……」

那聲音好像是教堂的鐘聲，餘音繚繞，響徹銀座的夜空。

惡魔的笑聲

那位小姐聽到這個聲音之後，嚇了一跳，猛然抬頭看著天空，因為聲音是從天空傳來的。

面對銀行的牆壁抬起頭來時，小姐看到牆壁上的影子。

這時，巨人的影子張開大嘴，露出尖牙，由小姐的上方落了下來，好像要咬住她似的。比實物大千倍的臉，就出現在小姐的正上方。

來自空中的奇怪聲音突然變大，令人震耳欲聾。

「噹……噹……噹……噹……噹……」

小姐嚇了一跳，正想要跑開時，卻不知道被什麼東西給絆倒在巨人的臉下。

巨人的臉不斷的往下落，似乎想要咬住可憐的小姐。

接著臉又往上抬，大大的嘴咯咯的笑著。

「噹……噹……噹……」

哇！惡魔笑了。不斷的笑著。如同教堂鐘聲般的聲音，就是惡魔的笑聲，響徹銀座的夜空。這到底是怎麼回事？

小姐倒在地上沒有爬起來，她可能受傷了。接下來會被惡魔吞噬掉嗎？但是，影子不可能會把人吃掉啊！

膽小的阿呂緊緊抓著井上的父親，將整個臉埋在他的身後。即使如此，還是可以聽到聲音。惡魔的可怕笑聲依然那麼清晰。

井上一郎是一位勇敢的少年，他一直凝視著對面發生的事情。突然間，好像想起什麼似的，趕緊拉扯父親的衣袖。

「爸爸，那個倒下的人我好像曾經看過。當她被東西絆倒而快要倒下時，我覺得她很眼熟。啊！我想起來了，她就是小植姊姊。」

「是什麼姊姊？」

「我不是告訴過你嗎？她是明智老師的助手小植姐。是我們少年偵探團的顧問，是姊姊。」

「哦，是嗎！那麼我們趕快過去看看。」

爸爸說著，牽起阿呂的手，打算橫越電車車道。但是看到前方的牆壁時，不禁停下腳步來，因為牆壁上的影子改變了。

巨人的臉消失了，接著出現好像巨大的蜘蛛腳似的東西，正在不斷的移動著。

「啊，是惡魔的手！他好像打算抓住姊姊。爸爸，快一點！」

一郎大叫著。

整個銀行的牆壁上佈滿著五根長長的手指，伸向倒下的小植的身體，想要抓住她。啊！比實際的手大上千倍的手抓住小植了。惡魔的笑聲依然持續，空中不停的傳來噹噹噹的聲音。

三個人跑到對面時，那裡已經擠滿了黑壓壓的人群。不知道從什麼時候開始，銀行的牆壁已經完全暗了下來。惡魔的影子和探照燈的燈光都消失了。

井上等人推開人群，走近倒下的小植小姐身邊。井上先生趕緊抱起她，並搖搖她的頭。

「振作點，有沒有受傷？」

這時，小植睜大眼睛，好像從惡夢中清醒過來似的看看四周，看到了井上和阿呂。

「啊！你們不是少年偵探團的團員嗎？」

她高興的說著。

「妳有沒有受傷？」

「喔！我沒有受傷。但是我做夢了，夢見有可怕的東西在那個牆壁上……」

「那不是夢，我們也看到了。那是一張大臉的影子，不過現在已經消失了。」

「看到那個東西時，我好像被什麼東西絆倒了。感覺好像是被什麼東西壓住似的，我無法站起身來。好像做惡夢一般。我真是沒用，真不好意思。」

小植靦腆笑著說道，並站了起來。

這時，警察過來了。井上先生將之前發生的怪異事件說了一遍。同時介紹名偵探明智小五郎的新助手小植給警方認識。

「是從百貨公司的屋頂照射下來的探照燈，一定有人在惡作劇。真是可惡。請你們搜查百貨公司，一定要抓到那個傢伙。」

警察點了點頭說道：

「放心，我們會立刻連絡警察局並動員搜索。請你們把這位小姐送回家。」

三個人和小植一起搭乘車子，回到明智偵探事務所。他們七嘴八舌的對偵探與小林少年述說今天晚上發生的事情。

平時總是臉上帶著笑容的明智偵探，今天不知道怎麼了，似乎非常擔心。他對井上先生說道：

「這絕對不是普通的惡作劇。敢在銀座街道做這種事情的人，一定不是普通人。我擔心這可能是重大事件的開端。即使警察立刻搜查百貨公司也無濟於事。做這種事情的人，我想不可能會待在原地等警察過來逮捕自己。」

明智偵探的話果然應驗了。警察的搜查行動的確失敗了。

大批警察在百貨公司值班人員的帶領下來到屋頂，同時，也派人在各樓層進行仔細的搜索，但是並沒有發現可疑的人。

百貨公司的屋頂上的確裝有探照燈。很明顯的，探照燈被歹徒利用了。但是，到底是誰在惡作劇，完全不得而知。

事實上，正如名偵探所說的，這正是發生可怕怪異事件的開端。

天空的怪物

在銀座發生怪事件後的第三天半夜，再度發生好像惡夢般的事情。時間是過了晚上十二點。這是個一片漆黑、沒有任何星辰的夜晚。澀谷車站附近原本繁華的街道上燈火已經熄滅，變得相當昏暗。但還是有一些夜歸的人在大門緊閉的商店前面走著。

時間是十二點十分。路上的行人不禁停下腳步，聆聽不知道從哪裡傳來的奇妙聲音。好像是尼古拉堂（東京都千代田區駿河台的日本耶穌基督正教會的名稱。因其美麗的鐘聲而著名）的鐘聲。

「噹、噹、噹、噹……」

這種震撼人心的聲響，好像是從空中飄來的。眾人不禁佇足，抬頭看著黑暗的天空。

「噹、噹、噹、噹、噹、噹……」

聲音越來越大，瀰漫整個空中，最後變成震耳欲聾的可怕聲響。

和三天前來自銀座天空的那個奇妙的聲音一模一樣。但是，澀谷街道上的人並沒有聽過出現在銀座的聲音，因此，根本不知道到底是怎麼一回事。只是感覺害怕，全身發抖的看著周圍。

正當大家抬頭看著天空時，發現空中突然出現大的白色東西。難道是白雲？不，在這種黑暗中，雲看起來不應該是白色的。白色東西大約是一百公尺的正方形，而且正在移動著。

走在黑暗大街上的人全都停下了腳步，好像變成木頭人似的，一動也不動的抬頭看著天空。甚至連經過的汽車都停了下來，駕駛與乘客紛

紛搖下車窗，抬頭看著天空。

派出所前的警察，以及消防隊員等，也都好像木頭人一樣，一動也不動的抬頭看著天空。

在空中移動的東西越來越清晰了。

「啊！是惡魔的臉！惡魔正在笑。」

站在大街上的一名男子，放聲大叫。

聽到他這麼說時，在場的人全都毛骨悚然。那的確是一張人的臉。不，應該說是惡魔的臉。一百公尺正方形那麼大的惡魔的臉，好像烏雲蓋頂一般，遍佈整個天空，正在那裡笑著。

天空一片漆黑，惡魔巨大的臉看起來是泛白的。還有那雙大大的眼睛，就像一棟建築物那麼大的巨眼閃閃發亮，甚至會眨眼。鼻子比眼睛更大，嘴巴也非常大。大約三十公尺長的嘴巴，正裂開笑著。除非實際看到，否則實在很難想像這種可怕的情景。

32

在深夜的大街上，四處傳來「哇」的尖叫聲。因為過於害怕，因此眾人全都驚聲尖叫。

就在眾人大叫的同時，又再度聽到——

「噹、噹、噹、噹、噹、噹……」

佈滿空中的惡魔的臉張開大嘴，露出每顆都有一公尺大的白色牙齒，兩端巨大的尖牙也露了出來。在上下排牙齒深處，可以看到黑色的舌頭正在蠕動著。

有人再度發出「哇」的大叫聲。眾人紛紛用雙手摀住耳朵，並且閉上眼睛，蹲在當場。

實在是太恐怖了，根本不想看到、也不想聽到。

好像祈禱似的，大家都蹲在地上。沒有人能逃走，即使想要逃走，空中的惡魔也一定會追趕而來。就好像無論怎麼跑，月亮都會一直跟著你一樣。

「噹、噹、噹、噹、噹、噹……」

來自空中的可怕聲響越變越小聲，最後終於消失了。

但是，受到驚嚇的眾人根本提不起勇氣抬頭看著天空。就好像已經死亡似的，完全無法動彈。

不久之後，一名男子戰戰兢兢的睜開眼睛，悄悄的看著天空。

「啊，消失了！各位，惡魔的臉已經不見了。」

聽到他這麼說，大家才慢慢的睜開眼睛看著天空。空中一片漆黑，什麼都看不到了。眾人安心的發出「啊——」的呻吟聲，每個人都回過神來，趁著空中的妖怪還沒有再度出現之前，趕緊返回家中。

各位讀者，這到底是怎麼一回事呢？當天晚上走在澀谷大街上的人，難道全都做了可怕的惡夢？難道眾人全都中了魔法？

一百公尺大的巨臉，竟然出現在天空的雲層中，怎麼可能會發生這麼可笑的事情？

但是，眾人並不是做夢，也沒有中了魔法。澀谷所有的人都看到空中的妖怪了。甚至半夜醒過來，從窗口探出頭去看天空的人，也都看到那張惡魔的臉。

後來終於知道發生這種怪異事件的理由了。出現「噹、噹……」聲音的謎底後來也終於被解開了。在此之前，各位先想想看這到底是怎麼一回事。

發生這麼詭異的現象，第二天的報紙當然會大篇幅的加以報導。可惜沒有拍到照片，因此，無法刊登出可怕的影像。不過，畫家以素描的方式畫出天空惡魔的臉孔，刊載在全國的報紙上。這個怪異事件震驚了整個國內。

報紙上寫著，這個事件與三天前的夜晚發生於銀座的事件應該有關。眾人也有相同的看法。巨大的黑影與遍佈於整個天空的白臉事件，給眾人一種難以言喻的邪念作祟的感覺。

但是，這到底是什麼邪念呢？眾人完全不了解。如同明智偵探所說的，這是可怕事件的前兆。不過這只是想像而已，到底會發生什麼可怕的事件，眾人都不知道。

又過了五天，大白天裡竟然又發生了可怕的事件。

水中的惡魔

明智偵探的少女助手小植的父親名叫花崎俊夫，他是一位偉大的檢察官，居住在世田谷區的一棟豪宅中。花崎先生除了小植之外，還育有一名男孩，就是小植的弟弟俊一，就讀小學六年級。俊一和姊姊不同，他討厭當偵探，喜歡用功讀書，是一個非常乖巧的孩子。

某個星期天下午，俊一做完功課之後到庭院散步。花崎家的庭院非常廣闊，達三千平方公尺。庭院內樹木林立，正中央有一個小水池。俊

一正在水池邊漫步。

小池子大約五十平方公尺大。碧綠的池水有點混濁，因此看不到池底。雖然池水不深，但池中卻有很多淤泥。因此，俊一小的時候，父親經常嚴厲的吩咐他不可以到池邊遊玩，因為池中的淤泥很深，不慎跌入就會沈入泥中，好像「無底的沼澤」一樣。

俊一就讀小學三年級之前，非常害怕這個水池。因為家中的老僕人曾經嚇唬他「池裡有精靈」。孩子很擔心獨自前往池邊時，碧綠的水中會突然冒出沒有眼睛、鼻子與嘴巴的妖怪。

但是，從一年前開始，俊一不再害怕這些事情了。他是個用功、乖巧的少年。上學後，他已經知道根本沒有妖怪。現在他能安心的獨自在水池邊漫步。

這是一個天氣陰沈沈的日子。時間是下午三點，但是，四周顯得有點昏暗，就像黃昏一樣。庭木高大而茂密，好像森林一般，因此，光線無法透射過來。

俊一站在池邊，茫然的看著碧綠的水面。因為沒有風，池水就好像一面大的綠色玻璃般平靜無波。

凝視水面時，不知道怎麼搞的，突然覺得怪怪的。恍惚中感覺自己就好像是世界中的獨行者，非常的寂寞。

突然間，池水開始搖晃。

「是不是有鯉魚在跳躍啊？」

俊一心裡這麼想，同時看著池水搖晃處。池裡養著幾條大鯉魚。再仔細一看，好像有龐然大物從水底浮了上來。不是鯉魚，而是更大的東西。好像是像池子一樣大的東西。

俊一覺得有點頭暈，實在是太奇怪了。感覺整個池底好像突然升起來似的。

池水有點混濁，因此看不清楚。但是那個大東西正慢慢的浮上來，

逐漸變得清晰可見。

俊一覺得自己好像看到可怕的惡魔。因為出現在眼前的不是一般的物品。雖然看不清楚，但是他的確看到一個像水池一樣大的人的臉。

俊一頓時全身像石頭般僵硬，嚇得無法動彈，雙腿發麻，不知如何是好。耳朵甚至可以聽到自己的心跳聲。

即使不想看，但是，俊一的眼睛就好像無法轉動似的，一直看著水面。終於看到一張人的臉。不，應該說是一張惡魔的臉。像整個池子一樣大的巨大的惡魔的臉，就浮現在水面上。

惡魔就藏在水中，一公尺大的眼睛，咕嚕咕嚕的轉動。大嘴有如一張榻榻米那麼大，從鮮紅的嘴唇中露出兩顆尖牙。

光是臉就這麼大，那麼，這個傢伙的身體到底有多大呢？光是想到這裡，俊一就感到非常害怕。也許他的身體躲在水池中的淤泥裡，只有臉浮了上來。

俊一嚇得縮著身體，心想，如果繼續待在這裡，不知道接下來會發生什麼可怕的事情。萬一巨人的臉從水池中浮上來，那該怎麼辦才好？比俊一的身體大上百倍的可怕的臉，會不會整個浮現在池水上，然後突然張開嘴巴，把自己吃掉呢？

俊一想要趁現在趕快逃走，因此，他用盡全身的力量使下腹部用力，並且告訴自己「加油」。終於，原先無法動彈的身體，開始能夠活動了。

他拼命的逃走。好像連滾帶爬似的離開了池邊。

當俊一逃走時，聽到恐怖的聲音。

「噹、噹、噹、噹、噹、噹……」

俊一並不知道那是什麼聲音。但是，相信各位讀者已經知道，那就是像尼古拉教堂鐘聲般的聲音。巨人邪惡的臉已經露出水面，否則他無法在水中大笑。

這時，俊一的爸爸花崎檢察官正在洋式書房裡看書，他也聽到了奇怪的聲音。

花崎先生嚇了一跳，從椅子上站了起來，打開窗戶探頭看看外面。看到滿臉蒼白的俊一，從庭院倉皇的跑過來，好像有可怕的怪物從身後追趕他似的。

「喂！俊一，你怎麼了？發生什麼事？」

爸爸出聲叫喚他。看到爸爸的俊一，好像得救一般，加快腳步的跑到窗下，並且攤開雙手，打算躍窗而入。

俊一的樣子，就好像被人追趕似的。已經來不及繞到入口，而必須趕緊躍窗進來，於是花崎檢察官立刻伸出雙手，一把抱住俊一，急忙將孩子由窗外拉入書房中，並且立刻關上窗戶。

「你的臉色怎麼像死人一樣的蒼白。到底是怎麼回事？你和別人打架了嗎？」

花崎先生說著，讓俊一坐在椅子上，同時，將擺在桌上的水瓶中的水倒入杯中，端給孩子喝。

喝過水之後，俊一終於可以出聲說話了。他斷斷續續的說出發現池中怪物的事情。

花崎先生笑著說道：

「哈哈哈……，你是不是頭昏了，怎麼可能會發生這種事情呢？好，爸爸去看看。」

花崎先生不顧俊一的阻止，獨自走出書房，沿著日式住宅的走廊走到庭院，然後再往池邊走去。

俊一很怕爸爸被巨人吃掉，但是，他根本提不起勇氣跟在爸爸的身後一探究竟。只能待在椅子上乾著急。

不久之後，花崎先生悠閒的從庭院中笑著走回來。進入書房後爸爸擔心的問道：

「俊一，你是不是在做白日夢，水池裡並有沒有怪物啊！爸爸用長棒子反覆的打撈，並沒有發現任何東西呀！這麼小的池子裡，怎麼可能躲藏著巨人呢。你是不是用功過度，頭腦有點問題啦！」

聽到爸爸這麼說，俊一感到很驚訝。那個可怕的傢伙不可能逃走呀！但是，如果說怪物再度沈入池中，那也有點奇怪。他又不是魚類，在水池中要怎麼呼吸呢！

想到此處，俊一真的覺得自己的頭腦有點奇怪。可能自己真的是在做白日夢，眼睛看花了。

事實上，俊一並沒有做白日夢。的確有一張巨大的臉從池底浮了上來。

但是，當花崎先生趕過去察看時，神秘的巨人既不在池中，也不在池外，這到底是怎麼一回事呢？這麼大的傢伙，如果白天逃到街道上，也立刻就會引起大騷動才對啊！

電話聲

俊一家中的水怪事件發生三天之後，在麴町公寓二樓的明智偵探事務所的客廳裡，有一位客人正在和明智偵探談話。

穿著黑絲絨高貴上衣，打著鮮紅色領帶，留著長髮，看起來既像畫家又像詩人的三十五、六歲男子，戴著一副大眼鏡。

這個人名叫人見良吉。他並不是很有名的小說家，但卻是一位有錢人。一個月前才搬到這棟公寓，獨自居住在二樓的房間裡，變成明智偵探的鄰居。人見先生雖然不是偵探小說家，但是很喜歡偵探故事，因此經常找明智偵探聊天。

「聽說可怕的怪物出現了。據說曾經攻擊你的助手小植小姐。他是不是想向你挑戰呢？」

人見先生用手指撥弄垂在額頭上的長髮說著。

「可能是吧！的確有些傢伙想要做一些無聊的事情。」

明智笑著回答。

「但是，空中出現巨人的臉，水池中也浮現巨人的臉，這到底是怎麼回事啊？你認為這是有人惡作劇嗎？」

「當然是啦！我大致了解這種魔術的手法。」

「哦！你知道嗎？你真是太厲害了。可不可以說給我聽聽？」

「不，必須等一陣子。到時候我會詳細的告訴你。」

兩人聊天時，助手小植端著咖啡走了進來。她將咖啡擺在兩人中間的桌子上。

「啊！小植小姐，妳已經恢復精神啦？那天晚上一定受到突如其來的巨臉驚嚇了吧？」

人見先生詢問時，小植好像有點難為情，微微笑著回答：

「嗯！因為那個影子實在是很可怕……」

這時，書桌上的電話鈴聲響起，明智走過去拿起聽筒，沒想到聽到的竟然不是人的聲音，而是噹、噹、噹的奇妙聲響，感覺就好像耳鳴一樣。聲音的確是從話筒的那一端傳來。怪音響大約持續了二十秒鐘。接下來又聽到奇怪的嘶啞聲音。

「你是明智先生嗎？」

「是的。您是哪位？」

「你沒有聽到先前的聲音嗎？聽到那個聲音，你還不知道我是誰嗎？」

話筒傳來如妖怪般令人害怕的聲音。明智偵探已經知道對方是誰了，但是故意沈默不語。接著，對方又說出更可怕的話。

「小心你的助手小植喔！從現在算起三天後，也就是這個月的十五號，小植就會消失不見喔！即使你是名偵探，也無法阻止這件事情的發

生。……小心十五號喔！」

說完之後，話筒中再度傳來噹、噹、噹、噹的聲音。

明智偵探掛上聽筒，微笑著回到客廳。人見先生感到很懷疑似的看著他。

等到小植走出房間後，明智偵探開口說道：

「人見先生，正如你所說的，那個傢伙來挑戰了。」

「咦！是那個怪物嗎？」

「是的。他說這個月十五號要讓小植消失。」

「咦！讓她消失？」

「也就是說要綁架小植。這個傢伙竟然會預告犯罪！」

說著，明智若無其事的笑了起來。

「看來那個巨人真的是普通人。但是，你確定沒有問題嗎？對方好像是會使用魔法的怪物。」

「如果對方是魔法師，那麼我也會施魔法。到時候你等著瞧吧！」

明智很有自信的說著。

「既然那個傢伙如此大膽，敢預告犯罪，那也絕對不能掉以輕心。他到底會採用什麼手法，你知道嗎？」

小說家人見先生似乎很擔心。

「和這樣的怪物挑戰是我的任務。我絕對不會退縮，你安心吧！」

明智偵探瞪大眼睛看著人見先生，斬釘截鐵的說著。

黑色怪物

某天傍晚，小植有事回到父親花崎檢察官的家中，辦完事情之後自行返回事務所。歸途中走出電車，獨自走在千代田區的寂靜巷道上，朝麴町公寓的方向走去。

小植打算趁著天還沒有黑的時候回去，但是，不知不覺中已經黃昏了，周圍有點昏暗。

道路的一側是長長的水泥牆，另一側是長滿雜草的大空地。先前明智偵探接到怪物的電話時，並沒有告訴小植，因此她並不知道這件事情。不過，因為小植曾經在銀座遇到怪事件，同時，弟弟俊一也曾經看到水池中的怪物，因此，堅強的小植走在寂靜的巷道時，還是覺得有點害怕。她一邊後悔自己沒有搭汽車，一邊加快腳步往前走。

突然間，覺得對面的電線桿後方有一個好像黑色大包袱的東西。

「是不是哪個粗心的店員把東西忘在這裡了？」

心裡這麼想著。但是，那個包袱的外形很奇怪，好像是一塊漆黑的凹凸大岩石。

小植覺得有點害怕，因此停下腳步，一直瞪著那個大包袱，感覺對面的黑色東西似乎也正在瞪著自己。雖然包袱沒有眼睛，但是卻覺得好像有東西正瞪視著自己。

小植突然嚇了一跳，因為她發現黑色物品開始移動了。

「難道真的是那個怪物嗎？」

想到這裡，突然覺得心跳加快。她打算朝來時路掉頭逃走。但是又擔心如果向後轉，黑色怪物會直撲過來，因此無法逃走。

小植覺得自己好像是被蛇盯住的青蛙似的，她呆立在原地，無助的看著那個黑色怪物。

黑色物品再度的移動，而且慢慢的移動。

突然間，黑色物品開始往上方延伸，而且慢慢的朝這裡接近。

小植覺得全身發麻。雖然想要大喊救命，但是卻發不出聲音來。

看起來好像是人的形狀。好像有人全身罩著黑色斗篷，躲在電線桿的後方。

那個傢伙好像黑色的幽靈，慢慢的朝這裡飄了過來。來到距離三公

尺處，突然拉開罩著的黑色斗篷，咻的露出臉來。

啊！那張臉，雖然先前小植沒有看過，但是卻覺得和出現在澀谷空中的巨臉，以及俊一在家中水池看到的巨臉是一樣可怕的臉。

雖然在黑暗中看不清楚，但是，泛白的大臉上的巨眼正瞪著這兒。

這個傢伙張開嘴巴，咧開的大嘴甚至到達耳朵，露出兩顆尖牙。

「小植，妳想知道自己的命運嗎？這個月十五日，妳將從這個世界上消失。從某個房間裡像煙一般的消失。妳知道嗎？無論妳如何小心謹慎都沒有用。即使拜託明智也無濟於事。雖然很可憐，但這是妳的命運。妳要覺悟喔！」

說完之後，不知道從哪裡傳來噹、噹、噹、噹的刺耳聲音。不像出現在銀座或澀谷的大聲音，而是較小、大約在二十公尺見方內才可以聽到的聲音。

「噹、噹、噹、噹……」

怪物再度將黑色斗篷罩在頭上，迅速退到原野中。同時聲音漸去漸遠，後來就完全聽不到了。

小植就好像中了魔法似的，有好一陣子呆立在原地，身體不停的發抖。後來魔法解除了，終於能夠活動身體了。小植趕緊拔腿朝向明智事務所跑去。

蜘蛛絲

這一天終於來臨了。今天是十五日。

小植躲在公寓二樓自己的房間裡。明智偵探租的房子除了浴室和廚房之外，另外還有五個房間。最裡面的那個房間就是小植的房間。

這原本是小林少年的房間，後來小林移入明智老師的房間，把自己的房間讓給新助手小植。

前往小植的房間必須通過書房。明智偵探一整天都待在書房裡沒有外出。小林則在隔壁的房間裡戒護。小植將房門上鎖，並且做了嚴密的戒備。即使是恐怖的怪物，也無計可施。

二樓小植房間的窗子就在公寓的側面，距離下方的地面大約十五公尺高。公寓的側面是懸崖，房子就建在高高的石崖（石牆）上。

因此，完全不必擔心窗外的問題，因為沒有人可以從那裡爬上來。

小植從一大早就一直待在房間裡，連午餐也都是由小林送進房間裡來。直到下午都一直待在房間裡。她覺得非常的無聊。

先前一直看書，但是現在已經看膩了。

到了下午三點，窗外的懸崖下方，突然傳來爆炸般的聲音。

小植嚇了一跳而跑向窗邊，發現玻璃窗外出現紅、藍、紫與黃色等色彩鮮豔的球，陸續飛向空中。

天空中有雲，五彩球嘶——嘶——陸續衝入白色的雲層中。

小植看到美麗的彩球時嚇了一跳，感覺自己好像在做夢似的。仔細一想，這些彩球可能是懸崖下方的汽球店的。原本用線綁住的汽球可能斷了線，因此才會陸續的飄向空中。

但是，懸崖下方不可能有汽球店。小植覺得很奇怪，不禁走向窗邊，打開玻璃窗往下看。

就在這時，發生了可怕的事情。就在窗外，一隻巨大的蜘蛛沿著黑色的蜘蛛網突然蹬了過來。

那不是真正的蜘蛛，而是一個像蜘蛛的人。穿著緊身衣褲，用黑布蒙著臉。這個傢伙用堅固的絲線作成繩梯，從正上方三樓的窗戶盪了下來。

蜘蛛立刻撲向獵物，獵物當然就是小植。她不經意的打開窗子往外看，只能算她倒楣。等待獵物的大蜘蛛啪的一聲抓住小植。不是使用蜘蛛毒，而是使用沾了麻醉藥的白布摀住她的口鼻。等到小植昏迷之後，

橫抱起她的身體，關上窗子，用單手爬上繩梯。

好像爬向天空的盡頭似的。蜘蛛人抱著小植爬繩梯，當然需要強大的力量。兩人懸在高空中，萬一絲線無法承受兩人的重量，恐怕繩梯就會斷掉。

一旦繩梯斷掉，當然就會沒命。

好不容易爬到三樓的窗外，蜘蛛人先將小植放入窗中，接著自己也爬了進去。收起繩梯並關上窗子，拉下窗簾。

後來就好像沒有發生過任何事情似的，四周一片寂靜。二樓和三樓的窗子都是關上的，因此，沒有人知道小植從窗戶被擄走了。

怪物的預言終於實現了。小植果然像煙一般的從寢室中消失了。

這棟三樓的房間是一間空屋，沒有人居住。真沒有想到怪物就是利用這個房子。

蜘蛛人用繩子綁起昏迷的小植的手腳，接著拿掉黑色蒙面布嗤笑了

起來。啊！就是那個傢伙。

白皙的臉龐、大大的眼睛，露出尖牙的大嘴，看起來像人，但是並不是人。好像是從深深的地底竄出來的惡魔的臉。出現在澀谷天空與花崎家水池中的，就是那張可怕的巨人的臉。

「呼嘿嘿……，第一個目的已經達成了。明智，算是你自作自受。自詡為名偵探，竟然連小植都保護不了。呼嘿嘿嘿……」

怪物自言自語的說著，接著拉開房裡的衣櫥，拿出一只出國旅行用的大皮箱。

打開皮箱蓋，將手腳綑綁著的小植扛起來，放入皮箱裡，再度蓋上蓋子並上了鎖，然後塞回衣櫥中並關上衣櫥的門。怪物就這樣的走出房間。他可能打算等到黑夜再把皮箱運走。

哇！明智偵探真的被怪物搶得了先機嗎？怪物贏了？名偵探真的輸了嗎？不，現在還不到下結論的時候呢！

接下來的三十分鐘內，發生了不可思議的事情。

怪物離開三樓的空屋不知道到哪裡去了，直到夜晚都沒有回來。當他不在時，卻發生奇怪的事件。

空屋的門打開了，小植從裡面走了出來，像幽靈一樣躡手躡腳的走下樓梯，進入明智偵探的房間。

是不是有人把小植救出來了呢？

但是，並沒有看到有人去救她啊！

難道是小植自己逃走了嗎？這也是不可能的事情啊！

奇怪！小植手腳被緊緊的綑綁，同時被鎖在大皮箱裡，小植不可能自己逃出來的。

那麼，難道進入明智偵探房間的是小植的幽靈？

大皮箱的出發

當天晚上九點左右，同住在公寓二樓的小說家人見良吉，再度來到明智的客廳。

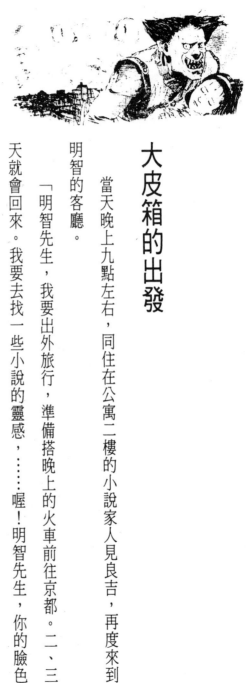

「明智先生，我要出外旅行，準備搭晚上的火車前往京都。二、三天就會回來。我要去找一些小說的靈感，……喔！明智先生，你的臉色好像不太好，到底是怎麼一回事？」

人見先生似乎很擔心的詢問。明智偵探坐在桌前，用頹喪的聲音回答：

「我坦白告訴你吧，我敗給那個傢伙了。小植消失了。」

「啊，小植！什麼時候？在哪裡？」

「就在緊閉的房間裡消失了。房間由內部上鎖，窗戶距離地面十五公尺，因此，不可能從窗戶跑出去。我也整天都待在可以看到寢室入口的地方，小植一直待在完全封閉的密室裡，但是，她卻像煙一樣的從密室消失了。」

「喔！這麼說來，怪物的確履行了他的諾言囉？」

「噢！雖然很遺憾，但這是事實。」

「有什麼線索嗎？」

「什麼也沒有。沒辦法，只好請警察幫忙了。警察今天一大早就在東京附近拉起警戒線（發生火災或犯罪事件時，禁止閒雜人等進入特定區域，安排警察看守的區域），努力找尋怪人。但是，可能無法立刻抓住他。對方好像魔法師一樣。」

平常總是面帶笑容的明智，現在卻臉色蒼白，表情頹喪。名偵探竟然會這麼失望，這是史無前例的事情。

「真是令人擔心。不過，明智先生，你似乎太輕視那個怪物了。他

不是先以電話通知你了嗎？至少當天無論晝夜，你都應該守在小植的身邊才對呀！如果我不去旅行的話，我實在是很想幫忙，真是遺憾。……小林怎麼樣了呢？先生和小林現在應該展開活動了吧！」

「小林也覺得很沮喪。……小林，你過來一下。」

聽到先生的呼喚，對面的門打開了，小林少年走了進來。平常很活潑的小林，今天卻不見笑容。

「小林，振作一點，你一定要鼓勵明智先生才行。」

聽到人見先生這麼說，小林仍無法立即釋懷，還是非常頹喪，只是輕輕的回答「喔」。

這時，有人敲走廊上的門。公寓管理員探出頭來。

「人見先生，你叫的車子來了。行李在哪裡呀？」

「啊！我知道了，我現在就去。……明智先生，你們一定要振作點，要努力喔。那我走了。」

人見先生微微一鞠躬，走到走廊上。明智先生和小林少年目送他到門口。

兩人從打開的門往外看，發現人見先生和司機由房間裡抬出大皮箱走了出來，好像是一只很重的皮箱。

二、三天的旅行，為什麼要帶這麼重的皮箱呢？明智先生和小林少年應該會感到懷疑才對。但是，兩人對於這件可疑的事情卻好像不表關心，只是默默的目送他們離去。

人見先生和司機搬著皮箱走入電梯。電梯下降之後，名偵探和小林少年關上門，回到房間裡互相對望。

奇怪的事情發生了。兩人臉上原本擔心的表情頓時消失，再度變得笑容滿面。兩人似乎覺得很好笑似的，一起笑了起來。

「呼嘿嘿嘿……，你真會喬裝改扮。看你先前的表現，大家都會認為你是小林。」

當明智偵探這麼說時，和小林少年一模一樣的人，竟然用女子的聲音回答道：

「我一直忍耐著不要笑出來。真的騙過他了。」

「那個人並不知道皮箱裡裝的不是妳而是小林，得意的把皮箱搬走了。即使事後發現事實而感到驚訝，也無可奈何了。」

「不過，老師，小林真的沒問題嗎？我很擔心他耶。」

變裝成小林少年的小植嚴肅的問道。

「小林歷經多次冒險。遇到事情時，他能夠運用智慧，根本不必我為他擔心。沒問題的。等到確認怪物的巢穴後，他就會逃出來的。……怪物打電話來的時候，人見先生就在我的眼前，因此，他也許只是怪物的手下。如果把他抓起來，可能會打草驚蛇。還好他把妳塞入皮箱裡，才有機會讓小林代替妳躲入皮箱內。只要找出怪物的巢穴，藉著警察的力量，就可以把他們一網打盡了。」

明智偵探一開始就懷疑人見這個小說家，因此，命令小林少年監視他。發現小植被關在皮箱裡之後，才擬定計畫由小林少年代替小植。

十五日傍晚，小林穿著女人的服裝，打扮成和小植一模一樣，偷偷的溜入三樓的空屋中。利用鐵絲撬開皮箱鎖，救出已經從麻醉中清醒的小植，解開繩子讓她逃出來。

小林則自己鑽入皮箱內，由小植用先前的工具再度鎖上皮箱。為了避免在皮箱裡窒息，皮箱上原本就鑽有小洞。因此，即使在皮箱裡待得再久，也不會危及生命。

傍晚時，應該被鎖在皮箱裡的小植卻離開三樓的房間，回到明智偵探的房間，理由就在於此。

但是，躲入皮箱裡的小林，接下來的命運如何呢？即使已經習慣了冒險，但是對方是可怕的魔人銅鑼，小林是否會遭遇以往不曾遇過的可怕事情呢？

報上將這個怪物稱為「魔人銅鑼」。因為他那噹、噹、噹的聲音，就好像敲銅鑼的聲音。

水底

搭載假小說家人見良吉和大皮箱的汽車從公寓出發之後，一直往東邊的方向開去。雖然人見良吉沒有做出任何指示，但是，駕駛卻知道車子應該開往哪裡。這個駕駛應該也是怪物的手下。

車子行進了十五分鐘，來到勝鬨橋附近的隅田川邊。岸邊有一個頹圮如倉庫般的建築物。人見和駕駛扛著大皮箱進入建築物中。

人見良吉按下開關，天花板上的燈泡頓時亮了起來。建築物裡面塞滿了壞掉的桌椅，角落裡堆滿著稻草和席子。

兩人合力把大皮箱藏入稻草和席子中。

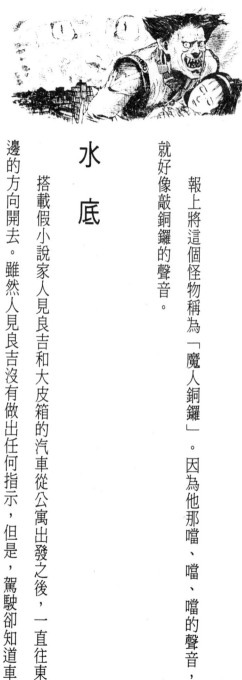

「等到半夜再開始工作。皮箱裡的小姐可能餓了。但是，還是讓她忍耐一下。到那邊再吃大餐吧！現在我們就到指定的地方去吧！」

人見良吉說著，催促駕駛往外走。同時將倉庫的門上鎖，坐上汽車不知道到哪裡去了。

晚上一點左右，人見良吉返回倉庫。倉庫後方就是隅田川。一片漆黑的岸邊停著一艘小船。人見在船家的幫忙下，將大皮箱搬到船上，自己則和船家一起坐上船。

船家搖著槳，船沿著東京港前進。這是一艘沒有馬達的舊式船。船上除了皮箱之外，還載了奇怪的東西，也就是潛水衣。純銅製作而成的潛水頭盔在黑暗中閃耀光芒。

船離岸之後，人見良吉開始做一些奇怪的事情。

首先，他從口袋裡掏出許多螺絲釘，一個一個的塞入大皮箱上的透氣孔中。小林正躲在皮箱內，如果無法呼吸，不就會死亡嗎？但是忍耐

個一、二十分鐘應該沒有問題。在皮箱中的氧氣完全用完之前，可能已經到達目的地了。

將皮箱上的小孔堵住之後，人見良吉拿起事先準備好的長鐵絲，緊緊的綑綁皮箱周圍。接著在鐵絲前端綁上大秤陀。

人見良吉穿上橡膠製的潛水衣，頭戴上有如大章魚的純銅頭盔，腳上套上大鉛錘。

船沿著勝鬨橋朝東京港前進三百公尺之後，船家停止搖槳，船停了下來。此時四周一片漆黑。朝對面看去，可以看到東京灣的輪船出發港的燈火。

穿著潛水服坐在船上的人見良吉，和船家合力將皮箱移到船邊，接著將緊緊綁上鐵絲並加上鉛錘的重皮箱沈入水中。

啊！小林少年就這樣的沈入河中，看來已經沒救了。小林代替小植犧牲了嗎？

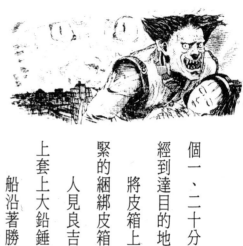

皮箱開始下沈之後，穿著潛水衣的人見良吉提著小型的水中燈，從船上跳入水中。他身上穿的潛水衣和一般的不同，並沒有配戴送空氣的管子以及將人從水底拉上來的繩子。不過，潛水衣的背部帶著氧氣的水肺，因此不必擔心窒息。

由腿到腰，從腰到腹部，從腹部到胸部，身體逐漸沈入漆黑的水中。最後，終於連看起來像大章魚的頭都不見了。只看到白色的泡沫冒在水面上。

仔細一看，發現水面下變亮了。原來是人見良吉手上提的水中燈的燈光。光線逐漸沈入水底，最後終於看不見了。

皮箱中

被關在皮箱中的小林少年，此時的心情又是如何呢？

先前被放在汽車上，行進十五分鐘的路程後，不知道被移入哪個建築物中。後來四周一片寂靜，似乎空無一人。

一直待到半夜，那的確是很長的一段時間！

小林手上戴著夜光錶。偶爾看看錶面，覺得時間實在是過得很慢。從九點半開始到半夜為止的三個小時內，感覺好像有一個月那麼久。

小林覺得肚子很餓，而且口也很渴，但是不會覺得很痛苦。不過，從傍晚開始就一直彎曲身體躲在皮箱裡，手腳當然會發麻，同時背部也有點疼痛。

小林甚至想過要從皮箱裡逃走。他帶有手槍和刀子，破壞皮箱並不是什麼難事。

但是，他還是咬緊牙根忍耐。原本是為了找尋敵人的巢穴而躲入皮箱裡，如果現在就逃走，那不就前功盡棄了嗎？為了達成任務，也只好忍耐了。

小林偶爾會打個盹，但那並不是真正舒服的睡眠。身體的疼痛再加上饑餓，使得頭皮發麻，根本無法靈活運用身體。與其說是想睡，還不如說是快要昏倒了。他甚至覺得自己真的昏倒了。

好不容易熬到半夜，又不知道被帶往何處。一直覺得搖搖晃晃的，可能是坐在船上吧！耳朵聽到嘎—嘎—的搖槳聲。

後來，小林聽到皮箱各處傳來好像金屬摩擦的聲音。那是用螺絲鎖住皮箱上透氣的小孔聲音，不過小林並不知道。

不久之後，小林覺得呼吸困難。原先皮箱裡還算通風，但是突然間覺得密不透風，甚至連外面的聲響都聽不清楚了。

感覺現在的搖晃程度與先前不同。被抬往船邊並且被粗魯的扔入水中時候，好像搭電梯下降的感覺。下沈的感覺一直持續著，身體各處好像被針刺到似的有點疼痛。

雖然皮箱上的小孔已經被用螺絲釘鎖上了，但是仍有一些縫隙，因

此水從縫隙滲入皮箱內。

過了幾十秒，小林才知道自己被扔入水中。感覺自己在水中一直下沈時，覺得很驚訝。

正感驚訝時，皮箱已經停止下沈了。不久之後，好像有人拉著皮箱，接著往上拉，感覺有人用手拉著自己。後來被擺在一處，接下來就完全不動了。似乎已經離開水中。小林終於能夠安心了。

一會兒，聽到喀奇喀奇的聲音。好像有人把鑰匙插入鑰匙孔，正在轉動著。

「看來皮箱就要被打開了。」

想到此處，小林反而因為擔心而心跳加快。

皮箱蓋被啪的打開，新鮮的空氣就竄了進來。外頭似乎有燈泡。雖然閉著眼睛，但還是覺得光線非常耀眼。

小林睜開眼睛看看周圍，真想趕緊跳出這個擁擠的皮箱，到外面伸展一下手腳，做做深呼吸。但是小林心想，現在應該要忍耐才行。

因此，繼續蜷伏在皮箱裡，微微的睜開眼睛看著外面。

有一個人跟在皮箱外，瞪著喬裝改扮成小植的小林看著。就是那個傢伙，大而白色的空洞眼睛、露出尖牙的可怕大嘴。臉在五十公尺的距離，看起來好像電影特寫的怪物，就出現在小林眼前。

奇怪的住宅

小林擔心自己假扮成小植的事情被識破。因此故意瞇起眼睛，並且假裝發抖。

還好房間裡有點昏暗，因此，魔人銅鑼並沒有發現他是假冒的。

不，即使房間明亮，從明智偵探那裡學會變裝術的小林，也是不容易被識破的。

「呼嘿嘿……，小植！妳害怕嗎？但是妳放心，我並不想把妳吃掉。但是，妳必須在我家待一陣子。我幫妳準備了床，有人會送三餐給妳吃，只是妳不能離開房間而已。站起來吧！到那個房間去。……喂！你過來幫忙。」

這時，銅鑼身後的一名手下，趕緊跑到皮箱旁，粗魯又無禮貌的用力抓出小林。

打扮成女孩的小林，故意裝作軟弱無力、無法站起來的樣子。被抓出皮箱之後，整個人蜷伏在地上。小林偷偷的看著周圍，發現這真是一個很奇妙的房子。

四面都是牆壁，根本連一個窗戶也沒有。它好像一個大水泥箱的房子。對面有一扇打開的門，外面似乎有走廊。不過，因為一片漆黑，因此什麼也看不到。房間裡只有一盞小小的燈泡。

「把這個女孩關到那個房間裡。……，小植，有空我再慢慢跟妳聊。

去吧！」

銅鑼說著揮揮手，好像向她道別似的。

那名男手下抓著小林的手走出門外。在黑暗的走廊上轉個彎之後，打開一旁的門，把小林推了進去，接著砰的關上門，從外面鎖上了門之後就離開了。

這個房間裡沒有電燈，顯得一片漆黑。雖然小林有筆型手電筒，但是擔心手電筒的光會引來危險，因此用手摸索牆壁，繞著房間走了一圈。這裡竟然沒有窗戶，住在這裡的壞蛋難道害怕陽光，所以故意不設窗戶嗎？還是有什麼其他理由。

房間的角落裡擺著床。小林摸到床了。他先躺在床上小睡一下。由於長時間窩在皮箱裡，現在能夠躺在床上睡覺，實在感到很舒服。

「那個傢伙還以為我是小植，我得趁機探查這個住宅的情況，然後逃出去才行。到底該怎麼辦才好呢？」

小林閉著眼睛不斷的思索。不過，因為先前確實過於疲累，所以很快的就睡著了。

被壞人抓住，不知道接下來會遭遇什麼下場，竟然還能夠安心的睡覺，的確相當大膽。

不愧是少年名偵探。他似乎早已習慣這種事情了。

不知道睡了多久，突然睜開眼睛時，小林發現四周一片黑暗。現在可能是夜晚，還沒有天亮。不過仔細一想，這個房間沒有窗子，因此，即使白天也是一片漆黑。

小林看看夜光錶，時間是八點。昨天晚上到達河邊時是半夜一點之後，現在八點應該是第二天早上。

這時壞蛋們應該都已經起床了。隨時都可能到這個房間來。小林坐起身來，做好萬全的準備。

不久之後，聽到入口處發出聲響，燈泡突然亮了起來。已經習慣黑暗的眼睛突然暴露在光亮中，感覺非常炫目。事實上，那只是一顆十瓦的小燈泡而已。

小林藉著燈泡的亮光看著門，看到門上有一個小小的四方形偷窺孔。感覺有眼睛正從孔外瞪視著裡面。先前聽到的聲音，應該就是打開偷窺孔蓋子的聲音。

小林看到之後，故意裝出害怕的表情趴在床上。他當然不是真的害怕。但是，自己既然是假扮成小植，當然要裝出害怕的樣子。

接著聽到鑰匙轉動的聲音，門被打開了。昨晚那名男手下走了進來。手上端著擺有麵包和牛奶的托盤。

「小植小姐，妳不必這麼害怕。我和首領不同，我非常親切喔。嘿嘿嘿……。妳把這個吃了吧！廁所就在對面的角落，妳無法離開房間，因此還是委屈一下吧！」

小林仔細一看，發現房間對面的角落裡，擺著好像西式馬桶的白色

便器。旁邊的台子上有大水瓶、杯子與洗臉盆。昨晚一片漆黑，因此沒有發現到這些物品。原來早就準備好了。

後來，小林依序吃了午餐、晚餐，平安的度過第一天。直到第二天晚上，魔人銅鑼都沒有出現，不知道到哪裡去了。

小林忍耐了一整天，決定利用晚上探查這個奇怪的住宅。他打算等到夜深人靜時再偷偷的溜出房間。

手錶的指針指向十一點。小林從藏在裙子裡半短褲的口袋中，掏出彎彎的鐵絲，走向門邊，將鐵絲插入鑰匙孔中轉動著。不久之後，聽到卡喳一聲，門打開了。

就好像大盜一樣，只靠一根鐵絲，就可以打開任何門鎖。這是身為偵探的人必須擁有的技術。明智偵探教導小林開鎖的方法，因此，小林的口袋裡隨時都準備好鐵絲，現在終於派上用場了。

巨人的臉

外面走廊上一片漆黑。壞蛋全都睡著了嗎?小林沒有聽到任何聲響。

小林豎耳傾聽了一會兒,發現四周靜悄悄的。心想應該沒有問題。因此,從短褲口袋裡掏出筆型手電筒照著腳邊,躡手躡足的走在走廊上。兩邊都是白色的牆壁。

直接走到轉角處,接下來走廊分為左右兩邊。右邊應該就是昨天晚上從皮箱裡被抓出來的房間。小林沒有往右邊走,直接繞到左邊。

走了一會兒,看到一扇白色的大門。門已經上鎖,無法再往前進。沒辦法,小林只好後退。

這時,兩公尺見方的大門上,突然浮現奇怪的東西。

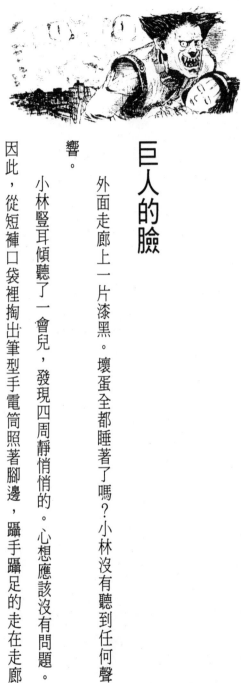

原來是巨人的臉。閃耀光芒的巨眼一直瞪著這裡。一公尺大的嘴巴張開了，露出白牙。而且……

「噹、噹、噹、噹……」

銅鑼聲響了起來。

小林趕緊跑開。但是在走廊上奔跑時，眼前又出現那張臉。巨嘴醜陋的歪斜著，發出「噹、噹、噹、噹……」的笑聲。

這棟沒有窗戶的住宅裡住著怪物。而且是只有巨臉，沒有看到身體的怪物。

小林拼命的逃回房間，趕緊關上門。並且從內部抓緊把手。勇敢機智的小林少年，遇到這麼可怕的怪物，當然也會感到害怕。

不久之後，走廊上傳來了腳步聲。有人走了過來，門把由外頭轉動著。

小林拼命的抓緊門把，但是，外面的力量太強大了，門終於被啪的

打開了。

「你這麼大膽，根本不像個女孩。……難道……」

從門口跳進來的，正是那個可怕的怪物銅鑼。

他似乎想到什麼似的，逕自走到小林的身邊，瞪大眼睛看著小林。

銅鑼突然伸出手來，抓住小林的頭髮，用力扯下假髮。

假小植的頭髮下方，露出小林少年的頭髮。

「你是假冒的。正如我所想的，男孩化裝成女孩。你是誰？啊！我知道了，你是小林。是明智的弟子，是少年偵探團的團長。畜牲！竟敢愚弄我。」

銅鑼大叫之後，手抵住下巴思索了一會兒，好像下定了什麼決心似的笑了起來。

「好，得到你這份大禮也不錯。雖然我討厭殺人，不喜歡殺人，但是，我會把你放進有趣的東西裡。運氣不好的話，你可能會死掉喔。但是……，這我可就不知道了。反正不是我親手殺死你的。呼嘿嘿嘿……，這個想法真是不錯，呼嘿嘿嘿……。」

銅鑼笑了起來。不知怎麼回事，那個奇怪的聲音，聽起來就好像「噹、噹、噹……」的聲音。

銅鑼到底在想什麼？雖然不會殺死小林，但是運氣不好的話也可能會死。看來這是個可怕的陷阱。

俊一的危難

再把時間往後挪一些。同一天傍晚，小植的弟弟，也就是就讀小學六年級的花崎俊一，當天參加棒球比賽，因此很晚才回家。時間是下午五點之後，他和朋友野上明一起急忙趕回家中。兩個人一起走在世田谷區一條寂靜的住宅街道上。

自從魔人銅鑼的巨臉出現在家中的水池之後，俊一和姊姊小植同樣的，擔心自己會被魔人抓走。明智偵探也擔心這一點，因此和俊一的父親花崎檢察官商量，盡量不要讓俊一單獨行動。

和俊一在一起的野上，同樣是六年級的學生，不過，他是一位身材高大且強壯的少年。此外，他也是少年偵探團的一員。因此，拜託野上少年保護俊一。

不僅如此，明智偵探非常小心謹慎。請看看兩名少年的後方不遠處，好像有人在跟蹤他們兩人似的。大約有一、二、三、四、五個看起來髒兮兮的孩子，正在遠處跟著。

他們是小林少年創立的少年偵探機動隊的孩子。小林聚集上野公園的流浪少年（居無定所、沒有工作，到處流浪的少年），組成少年偵探團機動隊。原本有二十多個人，現在變成五個人。因為社會狀況逐漸好轉，所以流浪少年減少了。

五名少年機動隊的人員隨時保護俊一。他們都是聰明伶俐的孩子，遇到事故時能夠發揮很大的作用。

這時，在沒有人煙的廣大街道後方，一部揚起滾滾沙塵的汽車靠近俊一。車子到達俊一的身邊時，好像刻意放慢速度，和俊一並排慢行。突然間，汽車的車門啪的打開了，從裡面伸出一隻粗大的手，很快的一把抓住俊一，將他拉到車上。

「啊！你要做什麼？」

和俊一走在一起的野上大叫著，但是已經來不及了。車裡的人立刻關上門，車子往前方疾馳而去。

野上拔腿奔跑，緊追在汽車的後方。這時，在後面跟蹤的五名少年機動隊人員也發現狀況，趕緊跑了過來。

「花崎——，花崎——！」

大家異口同聲的邊叫邊追逐。六名少年努力的追逐藍色汽車，其中

五名是看起來髒兮兮的流浪少年，這真是一幅奇怪的景象。

雖然眾人努力追趕，但是，人怎麼可能追得上車子呢？距離漸漸被拉遠了。

終於來到雖然不是很熱鬧但是卻有汽車通行的大街上。幸運的是，對面來了一輛計程車。

野上少年「喂」的叫住計程車，迅速跳上車子。

「我是少年偵探團的人。請你趕快追趕那輛藍色的車子。不要讓對方發現。……我的朋友被抓走了。」

當野上拜託對方時，計程車司機立刻爽快答應了。他是一位二十幾歲的活潑青年。

野上打開車門跳上車時，五名流浪少年也趕緊上車。三個人的座位上擠滿了六個人。

「哇！怎麼大家都上車啦，你們不是學生吧！都是少年偵探團的團員嗎？」

駕駛驚訝的問他們。

「嗯！是的。我們是少年機動隊的隊員。是明智老師和小林團長的弟子。」

計程車駕駛聽他們說著，二話不說的加足油門，車子疾馳而去。

「不讓對方發現有點困難喔！這樣必須把距離拉遠才行。」

這位青年駕駛似乎很喜歡冒險，說著一些有趣的話，很有技巧的跟在藍色汽車的後方。

車子來到越來越荒涼的道路上，兩側是田園與森林。他們已經來到世田谷區的郊外。這時夕陽已經西沈，四周一片微暗。

眼前出現一棟大型建築物。原來是日東電影公司的拍片廠。

藍色汽車停在片場後方的籬笆外。看到前面的車停下來之後——

「請停車！再往前進就會被對方發現了。我們就在這裡下車，你在

這裡等我們。」

野上對駕駛這麼說。

「好啊！我從這裡就可以看到你們矯健的身手。」

青年駕駛高興的回答著。

少年們下車之後，東躲西藏的慢慢接近藍色汽車。

藍色汽車的車門打開了，兩名身強力壯的男子把俊一抓出車外。

啊！你看，俊一的手腳全都被綁了起來，連嘴巴都被塞了東西，樣子非常狼狽。

少年人偶

「到那裡去吧！」

一名流浪少年，對野上耳語著。

「再等一會兒。被發現可就糟糕了！」

野上少年按住流浪少年的肩膀制止他。四周越來越暗了。時間是黃昏和夜晚的交界。再過二十分鐘，太陽就完全下山了。

眾人一直忍耐，等了十分鐘。

發現先前的兩名壞蛋出現在前方建築物的角落，兩人小聲的說話，同時朝這邊走了過來。

「喂！大家快躲起來。等那兩個人坐上汽車後再說。」

野上小聲的命令流浪少年們。

隔著籬笆窺探的流浪少年們，趕緊趴在地上，好像爬行似的躲在對面的樹叢中。

眾人的動作非常迅速，流浪少年們似乎早已習慣這些事情了。

野上跟著流浪少年們一起鑽入樹叢中。透過樹葉的縫隙，持續監視著周遭。發現壞蛋走出籬笆到外面去了。

除了兩人之外，並沒有看到俊一少年。

這到底是怎麼一回事呢？被綁住手腳、塞住嘴巴的俊一，應該是被關在這棟拍片廠裡的某個地方吧！

野上少年一心想要趕緊救出俊一。他認為目前先救出朋友比追趕壞蛋更為重要。

壞蛋坐上先前停在一旁的汽車，不知道往哪裡去了。少年們搭乘的計程車正在遠處等待著，還好壞蛋並沒有注意到一旁的可疑車子，兩部車擦身而過。

推測沒有危險時，野上對五名流浪少年做出手勢。眾人從樹叢中鑽了出來。

「趕緊搜查拍片廠。俊一一定是被關在某個地方。如果不趕快將他救出，他可能會死掉。大家努力找吧！」

野上說完之後，流浪少年們全都點了點頭，立刻迅速地往拍片廠方向跑去。

繞過建築物的轉角之後發現一片廣大的空地，到處堆滿著拍片使用的大小道具。有紙糊的牌坊、石燈籠、石膏做成的銅像，以及其他各式各樣的道具。

此外，眾人發現有一隻白石膏做成的獅子蜷伏在那裡。與日本橋的三越玄關放置的青銅獅子一模一樣。雖然不像那裡的那麼大，但是卻比真正的獅子還要大。全身雪白的獅子，擺在石膏製的四方形台子上。一名流浪少年來到獅子身旁，摸摸牠的腳，喃喃自語的說：

「真想要這麼一隻獅子。」

眾人都靠近獅子，看著牠可怕的臉。

少年們在拍片場中來回找尋，但是所有的建築物都已經上了鎖，根本無法進入。

只剩下一個大攝影棚在晚間持續拍片。入口處稍微開著，因此，野

上走了進去。

「喂！你是誰家的孩子，不可以隨便進來。」

從入口處微暗的角落裡，一名警衛跑過來詢問野上。

「有壞蛋把我的朋友藏在這個拍片廠中。我的朋友名叫花崎俊一。他的手腳被綑綁，嘴巴被塞住。壞人用汽車把他載到這裡來，從後面的籬笆偷偷的運到這裡來。」

「是真的嗎？你是不是在說謊？想要看拍片的現場？」

「不，我說的全都是真話。難道你沒有看到兩位大人帶著像我一樣大的孩子進來嗎？」

「沒有人進來呀！今天沒有任何孩子進來。你到別處去找找看吧！」

警衛似乎不相信野上所說的話，根本不予理會。

野上無可奈何，只好到別處尋找。入口附近全都是辦公室，雖然想到裡面找尋，但現在是晚上，因此沒有人在裡面。原本以為應該有值班人員留守，但是四處找尋，都沒有發現其他人員，真的很奇怪。

野上心想，壞人不可能把俊一帶到辦公室裡。因此又到外面，往後面的方向找尋。在微暗中，看到一個小小的身影加快腳步走了過來。仔細一看，原來是流浪少年隊的一名成員。

「啊！野上，你趕快過來。對面有奇怪的東西。」

「奇怪的東西？」

「許多亂七八糟的東西擺在那裡。我想俊一可能被藏在那裡。」

「快去看看。」

「野上，你帶手電筒了嗎？」

「嗯！帶了。這是偵探的七項道具之一。」

野上說著拍拍口袋。

在流浪少年的帶路下，來到一個堆滿拍片小道具的道具間。不知怎麼回事，這個房間的門並沒有上鎖。

兩人用手電筒照路，直接走到裡面。

長形的房間兩側全都是架子，上方堆著很多東西。包括古代的方形紙罩座燈、香煙盒、各種形狀的掛鐘、座鐘、古代高台鐘（擺在寺廟鐘堂台上的座鐘），還有花瓶、擺飾、書架，以及陳列洋酒瓶的裝飾架。此外，還有三面鏡、古代圓鏡與鏡檯等，這裡就好像骨董家具店一樣。

「啊，在那裡！」

流浪少年突然叫了出來，抓著野上。

用手電筒往角落照射時，發現一位穿著小學生制服，好像俊一的孩子，奇怪的靠在牆邊。

野上「啊」的叫著跑了過去。

跑到近處，用手電筒照著孩子的臉一看，並不是俊一。這到底是哪裡來的孩子。

不，這不是孩子，不是真的人，而是穿著學生制服的人偶。

再仔細一看，少年人偶的旁邊還有其他的男女人偶。三、四個一起靠在牆邊，這些都是拍片用的人偶。

「原來是人偶，我還以為是俊一！」

流浪少年失望的喃喃自語著。

就在這時，另一名流浪少年跑到道具間的入口。

「野上，原來你在這裡。我找你好久了。……發現了，發現了！知道俊一藏在哪裡了。」

入口處的流浪少年，氣喘如牛的說著。

白獅子

野上跟著流浪少年跑到外面。通過最初進來的地方，看到空地正中央白獅子的周圍，有另外三名流浪少年聚集在那裡。

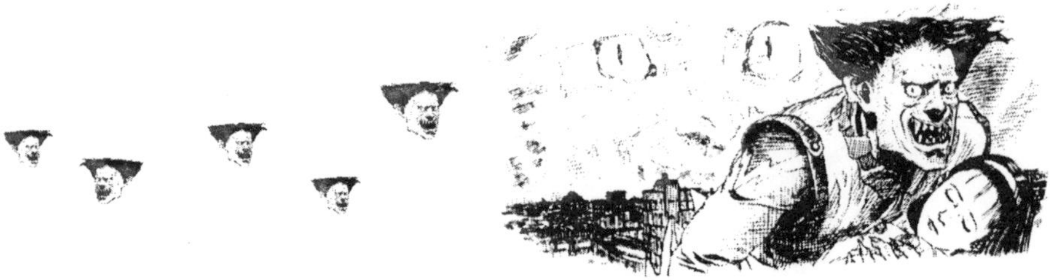

「就在這裡。好像有人躲藏在獅子裡面。你聽聽看。」

流浪少年懷疑的說道。大家豎耳傾聽，石膏的白獅子內確實發出奇妙的聲音。好像是有人用鞋子不停的踢獅子的身體內部。

野上打開手電筒，仔細檢查四方形的石膏台和獅子身體之間的縫隙。

結果終於發現一個較大的縫隙。他將嘴巴貼在縫隙處，大聲的問：

「有人嗎？誰在裡面啊？是俊一嗎？」

「嗯……嗯……」

裡面傳來呻吟的聲音。俊一的嘴巴被塞上東西，因此無法說話，只能發出呻吟聲。

「好，大家合力把獅子的身體抬起來。」

說著，流浪少年們全都聚集在野上的身邊。眾人把手放在台子和獅子的縫隙處，一起數一、二、三，然後用力把獅子抬起來。

石獅子終於被眾人合力抬起來了。獅子的身體被移到側面，露出二十公分大的縫隙。

用手電筒往縫隙裡一照，果然有人在裡面，是一名手腳被綑綁，嘴裡塞著東西的少年。他的確是失蹤的花崎俊一。

一名流浪少年不知道從哪裡撿來一支木棒，將它塞入縫隙當成槓桿，想要將縫隙撐大。但是還是太窄，無法順利的救出俊一。

「必須找來更大的棒子才行。」

有人這麼說著。另外一名流浪少年又撿了一根長棒子過來。動作真的非常靈活。

眾人合力把石膏抬高，再用長長的棒子架起石膏，終於勉強的將俊一從縫隙中拉了出來。

大家趕緊鬆開俊一手腳上的繩子，並且拿掉塞住嘴巴上的東西。

「俊一，是我。我是野上。他們是少年偵探團的流浪少年，是少年

機動隊的隊員。你不要緊吧？有沒有受傷？」
「喔！不要緊。謝謝你們救我出來。」
繩子被解開之後，俊一站起來向大家道謝。
「啊！我有個好主意。先不要拿掉棒子，稍等一會兒。」
一名少年說著，拿起野上的手電筒，不知道跑到哪裡去了。
野上對俊一說明先前跟蹤壞人的汽車的經過，以及流浪少年發現白獅子，眾人合力把他救出來的過程。
剛剛離開的流浪少年很快的就回來了，腋下不知道夾著什麼大的東西。野上用手電筒照射，原來是先前發現的那個穿著學生服的少年，也就是被堆放在道具間裡的少年人偶。
「你把這個東西拿過來有什麼用呢？」
「你不知道啊？你真是笨哪！用這個人偶代替俊一塞入獅子裡，同樣綁起手腳、嘴巴塞上東西。這麼一來，當壞人過來查看時，會安心的認為真的俊一還在原處。但是仔細查看還是會發現這是人偶，只能暫時欺騙對方。哈哈哈……，這個想法很棒吧！」

聽到這位流浪少年的妙計，眾人都噗哧笑了起來。把人偶的手腳綁住，嘴巴塞上東西，再塞入獅子的身體內。

「哇！一模一樣。塞住東西就可以遮住嘴巴，因此不會被發現是人偶。真想看看那些壞蛋目瞪口呆的樣子。」

接下來少年們拿掉當成槓桿用的棒子，並且將獅子移回原處。眾人一起扶著俊一走出拍片場。此時四周已經完全黑暗。在漆黑中，好像有影子出現了。

「大家做得很好，小孩救出來了嗎？」

「是誰呀？」

野上讓俊一躲在自己的身後大叫著。

「是我！我是開車載你們過來的司機啊！」

「喔，是你呀！嚇了我們一跳。俊一被藏在石膏獅子中，我們把他救出來了。」

「真是太好了。那麼上車吧！不管你們要去哪裡，我都送你們去。」

由於少年們的機智，才讓花崎俊一平安的返回家中。但是，這個事件並沒有因此而結束。還有更可怕的事情等待著俊一少年。

紅色尖帽

到了第二天早上六點左右。隅田川和東京港的交界處，也就是造船工廠林立的河邊，發生了奇怪的事情。

為了避免行人掉落河中，河岸的道路旁設有水泥築成的低矮扶手。連接的扶手底處斷裂，形成廣大的坡道，方便船隻接近岸邊裝卸貨物。

時間還很早，河岸上沒有人煙，工廠也還沒有開始運作。就在寂靜的河岸路上，有兩位工人邊說話邊走著。

其中一人年約五十，身材較高大，是一位老實的男子。另外一位比較矮小，長得圓圓滾滾的。

他們是阿長和阿丸。阿丸的臉長得和皮球一樣圓，眼睛也圓圓的，連鼻子也是扁又圓，嘴唇很厚，下方是一張大嘴。

「咦！有奇怪的東西在河上漂流。」

阿丸停下腳步，看著岸邊的水面。

「嗯！真奇怪。怎麼會有浮標（為了綁住船隻，用木樁固定在海底而浮出水面的東西）在這裡漂流呢？」

阿長也覺得很奇怪。

河面上有一個好像紅色大鐵桶般的東西。浮在水面上的部分呈狹窄的漏斗型，看起來好像是小丑所戴的鮮紅色尖帽，只是形狀較大一些。裡面可能空無一物，裝滿空氣。藉著空氣的力量載浮載沈。

這種浮標可以當成船隻的航路指標，原本應該在海邊漂浮，可能是因為木樁斷裂了，所以才會漂流到隅田川的入口處。

「真奇怪，最近並沒有暴風雨啊！浮標怎麼會出現在這裡？」

「嗯！說的也是。還有更奇怪的事情。那個浮標會動耶，好像活生生的東西一樣。」

阿丸瞪大眼睛，露出覺得很不可思議的表情。

的確，在沒有波浪的情況下，巨大的紅色尖帽竟然異樣的搖晃著。尖帽時而朝左時而往右傾斜，不停的搖晃，好像小丑正在搖頭似的。

這個奇怪的浮標，為什麼會在這裡漂浮呢？

為什麼會像人偶的脖子般搖晃呢？事實上，裡面藏有可怕的玄機。到底是什麼理由？大家想一想吧！

鐵棺材

先前被囚禁在沒有窗子的奇怪房間裡，不幸被銅鑼識破身分的小林少年，後來的下場如何呢？

當時，銅鑼捲起小林少年的袖子，不知道從哪裡取出針筒，往少年的手臂上注射藥物。不久，小林覺得頭暈，感覺四周一片漆黑，然後就不省人事了。

不知道經過多久，小林感覺好像有可怕的力量撞擊著頭部似的，突然清醒了過來。但是四周一片漆黑，不知道自己究竟身在何處。

感覺搖搖晃晃的。原本以為自己頭暈，但事實上，就好像房子遭遇大地震似的，不停的搖晃。

他感覺心跳加快、呼吸困難。趕緊用手摸索四周。但是，雙手所及

之處，全部都是堅硬的牆壁。

他心想，自己可能是待在房間的角落裡，因此將手伸向其他方向，但是，依然碰觸到同樣堅硬的牆壁。再度摸索四面八方，發現全都是硬牆，並不是水泥牆，而是鐵牆。

小林感覺自己好像被關在大鐵管中似的。同時，這個鐵管並不是橫向放著，而是直立的。因此才會覺得搖晃，好像經歷地震一樣。

小林觸摸地面，發現地面也是冰冷的鐵板。手再往上觸摸頭頂的上方，天花板也是鐵板。也就是說，可憐的少年被關在鐵製如棺材一般的東西裡。

這個鐵棺材為什麼會不停的搖晃呢？不可能埋在地底，也不可能飄浮在空中。啊！知道了。原來是在水面上漂浮。這種搖晃方式就好像船搖晃一樣。

小林想起先前自己被關在皮箱裡，丟入隅田川的情景。那個沒有窗子的奇妙房間一定是在隅田川底。魔人銅鑼的巢穴竟然在河底。這的確是很好的藏身處所。

自己一定是在那裡被關入鐵棺材中扔了出來。鐵棺材中充滿空氣，因此浮在水面上，現在正在河上漂流著。

銅鑼曾說：「你的生死未卜，就全看你的運氣了。」的確，運氣不好就會死亡。如果沒有人發現這個鐵棺材並救出自己，小林就必死無疑。等到棺材中的氧氣用完，小林就會死亡。

想到此處，小林趕緊慌張的摸索鐵棺材的內部，心想應該有蓋子可以打開。

可惜的是，並沒有發現可以打開的地方。宛如銅牆鐵壁般的棺材，光靠小林的力量根本無法打開。

他覺得呼吸越來越困難，心跳加快，耳朵甚至嗡嗡作響。覺得頭部疼痛，因為空氣中的氧慢慢的減少了。

每呼吸一次氧氣就會減少，二氧化碳會增加。想到此處，小林非常擔心。當鐵棺材中完全充滿二氧化碳時，自己就必死無疑了。啊！該怎麼辦才好呢？即使想要呼救，但是，被關在鐵板做成的棺材裡，聲音根本無法傳到外面。

小林全身直冒冷汗，心跳也加速，呼吸更困難了。現在只剩下一點點的氧氣了。

但是，不能坐以待斃呀！即使外面的人聽不到自己呼喊的聲音，還是必須求救。

「救命啊……」

小林拼命的大叫著。不僅大聲呼救，同時胡亂的揮舞著手腳，拼命的踢著鐵板。

這時候，在隅田川和東京港交界處、造船工廠林立的河岸上，兩名工人正狐疑的看著在河面漂流的紅色浮標。時間是上午六點。

「真是奇怪？浮標怎麼會漂流到這個地方來？一定是原本綁在河邊的木樁斷裂了，所以才會漂流到這裡。」

「但是，現在根本沒有波浪，浮標怎麼會移動呢？裡面是不是躲藏著大魚啊？」

兩名工人覺得有點害怕，互相看著對方。眼前的鮮紅色浮標比釣魚用的浮標大數千倍。能夠扯動這個浮標的魚，可能就像鯨魚那麼大吧！但是，鯨魚不可能游入隅田川啊！能夠移動這麼大的鐵浮標的，到底是什麼魚呢？他們覺得很恐怖。

「咦！我聽到奇怪的聲音耶！好像是咕咚咕咚敲打東西的聲音。」

「是啊！工廠還沒有開工，到底在敲什麼東西啊？」

「不對，聲音好像是從那個浮標裡傳來的。你看，聲音的節奏和浮標晃動的頻率相同。」

「嗯！難道浮標裡有什麼動物嗎？」
「別胡說了！浮標裡怎麼可能會有動物呢！」
「真的很奇怪耶！我好像聽到人的聲音！好像是孩子在遠處哭泣的聲音。」
「現在這裡哪裡有孩子啊！會不會是從浮標裡傳來的？」
「哦！難道浮標裡藏有人嗎？我從來沒有聽過這種事情。」
兩人持續交談著，這時浮標已經搖搖晃晃的漂到岸邊來了。

是生是死

被關在浮標中的小林少年，扯開喉嚨大聲叫著。竟然被關在一個好像鐵棺材般的鐵浮標裡。
「救命啊……，我快要窒息了。快救我出去……」

少年已經無法發出聲音了。他的眼前發黑，感覺快要昏倒了。因為大聲呼喊並且用力活動手腳，因此，呼吸更為困難，心跳也加快了。

汗水甚至流入口中。黏稠的汗水竟然有奇怪的氣味，不，原來是血的味道。用手觸摸，覺得有點黏性。原來不是汗，而是流鼻血了。少年不停的流著鼻血。

耳朵好像蟬鳴似的，出現奇怪的聲音。小林覺得頭皮發麻。

「喂！浮標裡真的有奇怪的聲音。還是把它拿到卸貨場仔細察看一下吧！」

「嗯！就這麼辦。」

兩名工人跑向當成坡道的卸貨場的水邊。這時，浮標正好流到水邊。從岸邊伸出手就可以抓住浮標。

因此，一名工人用力咚咚的敲打著浮標的外側。

裡面同樣的傳來敲打聲。

「喂！浮標裡面有人嗎？」

工人大聲叫著。結果，聽到浮標中傳來孩子輕微的哭泣聲。

「好像真的有人！因為用鐵板圍起來，因此聽不清楚，但是，的確有人在裡面。怎麼辦？」

「沒有工具，無法打開。還是到工廠去找人過來幫忙吧！」

「好，這樣也好，你快去。」

「好，我這就去找人過來幫忙。你在這裡等著。」

一個人這麼說著，隨即朝後方的工廠跑去。

被關在浮標中的小林，已經快要停止呼吸了，他全身疲累的攤在裡面。

感覺好像有人從外方咚咚的敲著鐵筒時，自己趕緊咚咚的敲打來回應。

聽到人的聲音，難道有人發現浮標了嗎？

「救命啊……，弄破浮標，救我出去啊……」

少年用盡最後的力氣呼救。

他的鼻血仍然不停的流著。

已經不行了。這麼堅硬的鐵浮標，不可能立刻被破壞。恐怕沒有生存的機會了。小林的頭腦一片空白，接下來就不省人事了。

感覺好像做了可怕的惡夢。魔人銅鑼露出尖牙，黑暗中，一張可怕的臉，正不斷的朝向自己逼近。眼前只有魔人那張可怕的臉，咯咯的不停笑著。

突然間，好像看到令人懷念的明智老師面露笑容的過來拯救自己。

「老師！」大聲叫著，想要跳起來，但是，明智偵探的身影卻突然後退，立刻消失蹤影。

跑開的那位工人，很快的帶著另外一名男子趕來河邊。

「這個人知道如何打開浮標。」

「真的？那太好了。趕緊打開吧！裡面好像有人！」

男子拿著一綑繩子。將繩子的盡頭綁成圓圈，圈住浮標，拜託兩名工人用力將浮標拉上岸，自己則手拿著大型扳手走到浮標邊，鬆開扣住鐵板的釘子。

鬆開一個釘子之後，又鬆開下一個釘子。時間二分鐘、三分鐘、五分鐘……不停的流逝。

小林的情況到底如何，是否已經氣絕身亡了呢？

終於將八個釘子全部鬆開了。接著，只要用鐵鎚打開浮標的蓋子就可以了。

聽到鏗鏗可怕的聲響，浮標的蓋子露出縫隙了。

「緊緊抓住繩子。」

男子說著。雙手伸入蓋子的縫隙，用力把蓋子往對面一推，看著浮標裡面。

「哇！是人。不知道是男還是女。有個奇怪的人倒在裡面。可能已經死了。」

他大叫著，從浮標裡抱出小林，並放到卸貨場上。兩名工人鬆開繩子，趕緊跑了過來。

「啊！滿臉都是血。難道被殺了嗎？」

「真奇怪。穿著女人服裝的男孩。真是慘不忍睹。」

「不，等一等，還沒死。還有脈搏。這些血可能是鼻血。」

打開浮標蓋的男子蹲在小林的身旁，用隨身攜帶的毛巾擦拭昏迷者臉上的血。

「只是昏了過去。趕緊救他吧！」

男子很熟悉急救的方法，抓起小林的雙手，一、二、一、二，很有

規律的舉起、放下，同時進行人工呼吸。

這時，一名工人趕緊跑到附近的警察局通知警察，不久之後，警察就過來了。

「啊！醒了，醒了。振作一點。已經沒事了。」

為小林做人工呼吸的男子大叫著。

小林仰躺在卸貨場的水泥地上，茫然的看著四周。

「喂！醒了嗎？你到底是誰？怎麼會被關在浮標裡？是誰把你關在裡面？」

警察蹲在小林的面前大聲問他。

小林動動嘴角，看起來似乎已經沒有說話的力氣了。不過勉強擠出聲音說道：

「我是明智偵探的助手小林。」

「咦！明智偵探？你就是那個小林少年啊？」

78

警察驚訝的問他。他很了解小林少年的事情。

「哦！那麼是誰把你關在浮標裡？」

「魔人銅鑼。」

「啊！魔人銅鑼？」

警察聽了之後臉色大變，趕緊站了起來，好像怪物就躲在附近似的，立刻環視四周。

時間已經將近七點，河岸邊來往的行人逐漸增加。卸貨場上擠滿黑壓壓的人群。

「詳情稍後再說。請先把我送到明智偵探事務所。」

小林坐起身來拜託警察。

警察回到派出所，詳細報告事件的經過，並且聯絡明智偵探。接著送小林上車，趕緊把他送回麴町公寓的偵探事務所。

回到事務所時，小林已經完全恢復元氣。看到出來迎接他的明智偵探時——

「老師！」

大叫著，立刻撲向他的懷中。

「太好了！太好了。你平安回來真是太好了。」

明智偵探說著，靜靜的拍著小林的背部。

「我原本以為自己死定了，再也無法見到老師了。」

小林看到懷念的明智偵探，不禁淚流滿面。

小林少年奇蹟般的獲救了。花崎植因為小林做她的替身，因此自己平安無事。弟弟俊一也因為野上和流浪少年隊的機智而脫險。因此，魔人銅鑼的奸計無法得逞。

但是，對方並不是善罷干休的怪物。第二波攻擊即將立刻開始。魔人銅鑼到底是誰？他為什麼要把小植和俊一當成攻擊目標呢？

水底的祕密

小林少林幸運的從浮標中脫困之後，說明魔人銅鑼的巢穴就在隅田川底。因此，水上警察立刻搜索這一帶水域。專業的潛水人員開始打撈河底，但奇怪的是，並沒有發現魔人的巢穴。

事件發生後的第三天晚上，名偵探明智小五郎拜訪花崎檢察官。在小植與俊一分別遭受魔人攻擊後，兩人在客廳裡商量今後的因應對策。

正在談話時，電話鈴聲響起。花崎一把抓起桌上的電話聽筒，貼在耳朵上傾聽，突然臉色大變。

聽筒中傳來「噹、噹、噹……」令人覺得很不舒服的聲音。

「噹、噹、噹、噹……」

聲音越來越大，變成震耳欲聾的可怕聲音。

「哇哈哈哈……」

突然又聽到好像人的笑聲。

「是那個傢伙！銅鑼打電話來了。」

花崎先生輕聲的對身旁的明智先生說著。

「哦，我來接吧！我來應付他。」

明智從花崎先生的手中接過聽筒，對著對方大吼。

「你是誰？」

「哇哈哈哈……，你又是誰呢？是花崎檢察官嗎？」

「我是明智小五郎！」

「哦，明智在這裡呀！這樣更好。我有話告訴你。……，你應該知道我是誰吧？」

對方似乎目中無人，狂傲的慢慢說話。

「你不是有話要對我說嗎？」

明智偵探鎮靜的應付他。

「難道你沒有事情想要請問我？」

對方很有自信的說著。

「沒有什麼想要問你的事情。我什麼都知道了。」

「呼呼，不愧是一流偵探……。那麼，我來問你好了。你們搜查隅田川底，結果並沒有發現我居住的地方。但是，我的確住在隅田川的水底，呼嘿嘿嘿……。你知道這個謎團嗎？」

啊！水底真的有巢穴，但是，為什麼仔細搜索卻無法找到呢？明智偵探也無法解開這個謎團。不過卻不能回答不知道。

「我當然知道啦！」

「哇哈哈哈……，聽起來沒什麼自信嘛！不要逞強，還是讓我告訴你好了。我就是為了告訴你們謎底才打電話來的。」

怪人似乎已經看穿了一切，他了解明智並不知道其中的祕密。

看來明智是輸了。一定要解開迷團才行，而且必須要在五秒內解開這個困難的謎團。名偵探能夠辦到嗎？

「我知道你的祕密。」

明智平靜的回答。

「呼嘿嘿嘿……，你還在逞強。好啊！那你倒是說說看，我住在水底的什麼地方。潛水員不是到處搜查，結果一無所獲嗎？」

「因為當時你住在隅田川底，但是，現在你已經不在同樣的地方藏匿了。」

明智一邊敷衍說著廢話，同時，將全身的氣力集中在頭腦，想要解開這個謎團。

「喔，那是當然的囉！我現在住在陸地上。不過我一直住在水底下。水中住宅怎麼可能輕易的就被你們破壞呢！」

「並沒有被破壞，只是已經不在原先的場所了。」

明智覺得有點痛苦似的說著。突然靈機一動，他知道祕密了。發現事實之後，覺得根本沒什麼。

「呼嘿嘿嘿……，你還在死鴨子嘴硬——硬撐啊！我看你還是投降吧！我會告訴你事實真相的。」

「我已經知道了。」

「哦！是嗎？那你說說看。快點說，我可是沒有耐心一直等待喔！」

「是潛航艇（小型潛水艇，能鑽入水中前進）。」

明智斬釘截鐵的說出答案。

「咦！什麼？」

「你的巢穴就在潛航艇中。」

「喂！潛航艇能夠進入隅田川嗎？」

「你使用的是可以鑽入任何淺水水域的小型潛航艇。事實上，過去就曾經有犯罪者利用小型潛航艇（第九集『宇宙怪人』中發生的事件）

進入隅田川。你的招數老早就有前例可循了。哇哈哈哈……。怎麼樣，我猜中了吧！」

「猜中了。呼嘿嘿嘿……，不愧是明智先生。事實的確如此。」

怪人似乎投降了。但是，他並不是光為了這件事情打電話來的。

誰是銅鑼

怪人接著說道：

「明智先生，你的確是個頑固的人。戰爭才剛剛開始呢！我一定會抓住小植和俊一讓你瞧瞧。雖然你從中作梗，我算是失敗了，但是，我不會重蹈覆轍了。你告訴花崎檢察官，從今天算起，一週內，我一定會抓到小植和俊一，而且不會再讓你們見面。我以魔人銅鑼的名義對你發誓。你知道嗎？明智，有機會我會去拜訪你。你自己小心一點吧！我想

做的事情一定會完成的。」

說完之後，話筒中又傳來——

「噹、噹、噹、噹……」

那個難聽的聲音越來越小，接下來電話被卡喳的切斷了。

「可能是從遠處的公共電話亭打過來的。我們來不及到電信局查詢並且通知警察。看來只能等待對方的下一步行動了。」

明智偵探坐回原先的位置，隔著桌子看著花崎先生。

「這個傢伙假裝自己是會使用魔法的人。然而，他和我們一樣都是普通人。可能他與你有什麼深仇大恨。現在他公開表明要綁架小植和俊一，但是我更擔心的是你。你是否曾經得罪什麼人？有誰會這般的怨恨你呢？」

「我有鬼檢察官的綽號，對於壞蛋毫不留情。因此，犯罪者當然會恨我。不過，我不記得曾經對誰做出什麼可怕的事情，對方竟然要這樣的報復我……。」

「但是，犯罪者會輕忽自己所做的壞事，反過來怨恨檢察官。尤其是被判重罪的人。最近是否有剛剛出獄，或是逃獄的犯人？」

「這樣的人並不多。大概就是這些人吧！」

花崎先生在桌上的便條紙上寫下五、六個人的名字，遞給了明智。

明智看了之後，用手指著其中一個名字。

「就是這個！」

他用低沈而有力的聲音說道。

「咦！這個傢伙就是銅鑼？」

「是的！除了他以外，沒有人會假扮成魔人銅鑼。事實上，他是個可怕的對手。」

明智說著，看著花崎先生。花崎先生臉色蒼白的看著明智。一分鐘內，兩人一動也不動的以異樣的眼光互相看著對方。

終於，明智放鬆嚴肅的表情，再度展露笑容。

「不，你不必擔心。有我在絕對沒事的。但是你還是要提高警覺，這個傢伙可能會採取非常手段。既然對方是魔法師，我也要變成魔法師才行。你可能認為我太異想天開了，但是如果不作異想天開的事情，就無法戰勝對方。」

明智附在花崎先生的耳邊說了一些話。聽他說完之後，花崎先生的神情立刻變得開朗。

「沒錯，要對付惡魔的智慧，就必須利用惡魔的智慧來應付。原來是雙層底的祕密。我知道了。我會依照明智先生的計劃去進行。一切都拜託你了。」

兩人繼續竊竊私語。

兩位老人

東京都西端的西多摩郡地方，有一個名叫平澤的村落。位於靠近多摩川上游的山中，是個景色優美的小村落。

村子盡頭有一間稻草蓋成的農家。這個農家距離最近的住宅也有一百公尺遠，是一個非常荒涼的住家。

最近有一些陌生人住在那裡。一位白髮、白鬍鬚，看起來將近七十歲的老爺爺，和十六、七歲的鄉下姑娘，以及十二歲左右的男孩，還有老奶奶，四人住在一起。

小姑娘並不是非常美麗，男孩黑漆漆的一張臉，看起來有些骯髒。兩人似乎是姊弟。他們並沒有上學，也沒有在山上玩。經常躲在房裡看書。看起來不太活潑。

老爺爺並沒有從事田園工作，大都待在家裡玩花弄草。

夏天的一大清早，走廊前擺著許多牽牛花的盆栽。紅、藍、紫色的大花朵開得非常美麗。

穿著卡其色工作服的老爺爺，蹲在牽牛花前，專注的去除牽牛花葉片上的蟲。突然聽到有人說：

「早安，您真清閒啊！」

回頭一看，籬笆外站著一位好像鄉下老頭子的人，正微笑著看著農舍主人。

訪客穿著骯髒的單衣，後襟撩起。半白的頭髮，短短的鬍子，一張被太陽曬黑的臉。

「你是誰呀？我不曾見過你……」

白鬍子老爹回答時，鄉下老頭笑著說道：

「我住在隔壁村。因為牽牛花太美了，所以才出聲招呼。」

「是這樣啊！你喜歡牽牛花呀？好，請進來吧！」

說完之後，鄉下老頭自行打開門走了進來。

「請到這邊坐。喝點茶吧！」

說著，白鬍子老爹坐在走廊下。鄉下老頭與他並肩坐下。兩人開始聊起牽牛花的話題。鄉下老頭提出想看看庭院中其他花草的要求，因此站了起來，甚至繞到庭院後方欣賞花草。

主人老爹跟在他的身後。不過兩人的距離越來越遠。等到來訪的鄉下老頭走到住宅的轉角並且轉過去時，主人老爹打開擺在走廊上的木箱蓋子，蹲在木箱前不知道做些什麼。

後來終於站了起來，從箱子裡抓出一隻鴿子，並讓鴿子飛向空中。鴿子一下子就不見了。

鄉下老頭並沒有察覺到這一點，又從對面轉角繞了回來。

兩位老人再次並肩觀賞庭院的花草。正打算走回原先的走廊時，站

在後方的白鬍子老爹說道：

「啊，對不起！是不是你的東西掉在這裡了。」

那是一個用呢絨（厚度大，編織處不明顯的毛織品）做成的大錢包。

「是啊！是啊！這是我的錢包。」

鄉下老頭趕緊接過來，塞入懷裡。

「哈哈哈……，看起來好像是很值錢的東西。好像很重耶？」

「不，不，沒什麼東西。只是一點小錢而已，哈哈哈……。」

老頭想要掩飾什麼似的。

兩人再度一起坐在走廊邊。白鬍子老爹說道：

「那麼，我進去泡茶。你等我。」

說著走入屋內。

鄉下老頭獨處時看看四周，從走廊邊爬上廊子，偷窺對面紙門內的情形。紙門內的一對姊弟正在睡覺。

老頭從縫隙仔細觀察這對姊弟，似乎不懷好意，可能是小偷。

這時，白鬍子老爹突然從屋子走了出來。

「你終於中計了。」

鄉下老頭嚇了一跳，回頭一看。

「咦！你說什麼？」

他慌了手腳，想要逃走但已經來不及了。

「哈哈哈……。你想要逃走嗎，但你已經被我發現了，逃不掉的。」

鄉下老頭倒退到走廊邊，接著再度坐回原先的位置。

「你說什麼啊？我只不過是……」

「哈哈哈……。只不過是想要確認裡面的兩姊弟嗎？事實上，我一直在等待你的出現呢！你真的中計了。」

兩位老人，以可怕的表情互瞪對方。好像要看穿對方心中的想法似的。

鄉下老頭迅速把手伸進懷裡，從先前的錢包裡掏出小型手槍，指著白鬍子老爹。

「怎麼樣？哈哈哈……，你撿到的錢包中，就是收藏這個東西。敢亂動的話我就射殺你。」

但奇怪的是，白鬍子老爹似乎一點也不害怕，笑著看著對方。

「你不怕嗎？你不要命了嗎？」

「我當然要命囉！但是，我不怕這樣的手槍啊！先前我說撿到這個東西是騙你的啊！是我從你的懷裡偷了過來，取出所有的子彈之後，再還你的。」

白鬍子老爹說著，從卡其色衣服的口袋裡掏出六顆子彈，擺在手掌上把玩。

兩把手槍

白鬍子老爹微笑著繼續說：

「我每天都在等你出現。我知道，你一直想把睡在房間裡的姊弟帶走……」

頭髮半白的鄉下老頭以奇妙的聲音笑道：

「喔！那麼你應該知道我是誰囉？……」

「我當然知道。……你就是那個叫做銅鑼的怪物！」

兩人站在走廊邊，互相瞪著對方。

「沒錯，不愧是名偵探明智。現在你打算怎麼樣呢？」

鄉下老頭突然變成年輕的聲音。

原來白鬍子老爹就是明智小五郎喬裝改扮的。他也恢復年輕的聲音

說道：

「我打算這麼辦！」

一邊叫著同時撲向對方。同時還說：

「小植、俊一，把擺在那裡的細麻繩（用麻做成的堅固細繩）拿過來，綁住這個傢伙。」

啊！原來在房間裡睡覺的姊弟，就是花崎檢察官的兒女小植和俊一所喬裝改扮的。

兩個孩子打扮成鄉下人，躲藏在山中。

聽到由明智偵探改扮的白鬍子老爹的指示時，兩人穿著睡衣跑了出來。小植的手上拿著長細麻繩。

「哇哈哈哈……」

由銅鑼喬裝改扮的鄉下老頭發出可怕的笑聲。突然掙脫明智的手，站在庭院正中央。

「果真如此。兩人的確是小植和俊一。竟然躲在這個地方，可惜還是被我發現了。明智先生，你的智慧也不怎麼高嘛！」

「呼嘿嘿嘿……。有沒有智慧待會就知道了。你竟然獨自前來，我們有三個人。三對一，你輸定了。」

明智老人說著，打算撲向銅鑼老爹。

這時，銅鑼迅速將右手伸入懷中，當手再次伸出來時，竟然握著另外一把黑色的小型手槍。

「哈哈哈哈……，這就是我的絕招。我準備了兩把槍。即使少了一把，還是有另一把可以使用。」

看著一臉錯愕的明智。銅鑼高興的直笑著，同時把手槍對準小植和俊一。

「你們兩個人，就用細麻繩把明智先生綁起來。……明智先生，請你坐在走廊邊，雙手背在背後。對，對，就這麼做，這樣比較容易綁。

孩子們，趕快用細麻繩綁住明智偵探的身體。快，動作快一點！否則就用槍殺了你們。」

唉呀！聰明的明智，並沒有發現對手有另外一把手槍。難道名偵探就乖乖的束手就擒了嗎？接下來小植和俊一的命運會是如何呢？

名偵探的絕招

小植和俊一沒辦法，只好為難地用細麻繩綁起坐在走廊邊的明智的上半身。

銅鑼拿著手槍來到明智的身邊，確認是否真的已經綁好了。同時又把細麻繩的打結處綁得更緊一些。

「明智先生，雖然我很同情你，但是我獲勝了。小植和俊一我要帶走了。鄉下老頭帶走鄉下姊弟，沒有人會懷疑的。你們兩個到這裡來。」

銅鑼突然表情變得溫和的想要牽兩人的手。

這時，發生了奇怪的事情。

呼呼呼呼……，聽到奇妙的聲音。仔細一聽，聲音好像是被五花大綁而趴在地上的白鬍子老爹發出來的。

聲音越來越大。明智扮成的老人抬起頭來，面露滑稽的表情。他一直忍著不敢笑出聲音，但是最後還是爆笑出來。

「哇哈哈哈……，你有你的絕招，我也有我的絕招啊！小林，拿掉假髮讓他看看吧！」

聽到吩咐時，假扮成鄉下姑娘的小植舉起雙手，扯掉頭上的女孩假髮。原本以為是女孩，沒想到竟然是男孩喬裝改扮的。

「哇哈哈哈……，怎麼樣？你又上當了吧。小林曾經假扮成小植被你抓走。同樣的圈套設計了第二次，銅鑼，你還是沒有發現。

當然這個孩子也不是俊一。我找到和俊一長相神似的孩子。哈哈哈

……。怎麼樣?就算你綁住我，但是，你並沒有識破小植和俊一是假冒的。

不僅如此，我還有絕招呢!你看，我也是掙脫繩子的名人喔!」

白鬍子老爹說著，打算站起來，原本被反綁的雙手很快的就掙脫開來。細麻繩原本緊緊的綁在身上，雙手掙脫之後，身體也重獲自由。

原本以為獲勝的鄉下老頭銅鑼，看到這種情況時，頓時呆在原地。握著手槍的手不知道該對準誰，只是一臉茫然的站在那裡。

機智敏捷的小林少年沒有錯失這個機會，穿著女生睡衣的少年，將整個身體撲向空中。

「畜生!」

鄉下老頭大叫時，手槍已經在瞬間被小林奪了過去。老頭只是稍不留心，手槍就被奪走。

小林把手槍對準銅鑼，這一回輪到銅鑼老頭舉手投降了。

但是，銅鑼也不是等閒之輩。雖然暫時感到驚訝，但很快的又恢復氣力。嗤笑著說道：

「呼嘿嘿嘿……，該怎麼辦啊！難道你要用手槍射殺我嗎？你不會這麼做的。如果你發射子彈，我就會死掉。你們不喜歡殺人，只是想利用手槍威脅我，把我綁起來而已。但是，這樣也不行呀！因為我不會被你們綁住。既然這裡沒我的事，那我就先告辭啦！」

銅鑼老頭預料對方不會開槍射擊，因此，朝竹籬笆門口一步步的移了過去。

「等一等！」

明智偵探信心十足的叫住他。銅鑼老頭停下腳步，回頭看著他。

「喂！你難道沒有聽到越來越近的聲音嗎？我真正的絕招，馬上就要展現了。」

明智說著莞爾的笑了起來。

銅鑼老頭的臉，立刻變得蒼白。籬笆外傳來的聲音，的確讓人覺得非常害怕。

原來是汽車的聲音。籬笆外出現黑色的車身，接著聽到刺耳的煞車聲。汽車正好停在門前，門打開了，三名警察拿著手槍下了車。

明智從呆立不動的銅鑼老頭的身後說道：

「你知道了吧！你已經逃不掉了。因為來不及打電報，因此，我用飛鴿傳書。先前帶你繞到後院時，我已經把傳信鴿放出去了，讓信鴿飛到附近城鎮的警察局通風報信。

鴿子只需要十分鐘就會抵達警察局。鴿子的腳上綁著傳信筒，裡面寫著銅鑼已經到來的信件。警察得知消息之後，當然立刻出動。我說了這麼多話想要絆住你，就是在等待警察們前來。」

此時，三名警察推開門跑了進來。

哇！太棒了，魔人銅鑼真的要被擒拿了嗎？

但是，對方就好像魔法師一樣，也許還有其他深藏不露的絕招。真是令人擔心，覺得心跳都加快了。

最後的手段

突然間，呆立在原地的銅鑼老頭轉過身來。

「我還有最後的絕招。」

他大聲叫著並且衝向明智偵探。小林少年雖然拿著手槍，但是無法射擊，因為銅鑼的動作實在是太快了。

看起來他好像要撲向明智，但事實上並非如此。銅鑼越過明智的身旁，跳上廊子，立刻躲入裡面的房間。

警察們立刻跑到廊子附近，但是，並沒有發現銅鑼老頭，因此無法展開射擊行動。

「繞到後面看看。他打算從後面逃走。」

聽到明智的聲音，警察們朝後方衝去，但是已經來不及了。銅鑼老頭直線衝過家中，繞到後院，直接跳過籬笆，往山裡的森林逃去。他的速度快得驚人，好像一陣旋風。

三名警察，當然跟著跑入森林中。

森林中沒有道路。樹葉遮頂，一片漆黑。荊棘與蔓草阻擋了去路，因此無法快速前進。

銅鑼老頭的身影，一晃一晃地，時隱時現，就在不遠處。三名警察砰、砰、砰、砰，對空鳴槍，想要嚇阻對方。

但是，銅鑼可不是容易受到驚嚇的人。他的身影漸去漸遠。

突然間，警察們嚇了一跳而停下腳步。

「噹……噹……噹……噹……」

聽到了可怕的聲音。原本聲音很小，但是越來越大，變成震耳欲聾的聲音。

緊接著，發現對面的樹叢中似乎出現一條白色的東西。並沒有人在生火，但是在黑暗的森林中，的確看到一團白色的東西。

警察們佇足凝望，白色的煙霧中好像出現了奇怪的東西。

啊！是人的臉。一張五公尺見方的人的臉。不，不是人，因為人不應該有這種尖牙。

圓圓的眼睛，大大的鼻子，大而裂到耳邊的嘴，嘴巴露出尖牙。是魔人銅鑼。銅鑼出現了。

「展開射擊！」

一名警察大聲叫著，朝怪物的臉發射子彈。其餘兩名警察也立即砰！砰！跟著發射子彈。

但是，白色煙霧中的怪物並沒有中彈。依然咧開大嘴笑著。

勇敢的警察們，衝向白色的東西，想要抓住怪物。

然而接近一看，發現煙霧中的怪物好像完全融化似的，消失得無影無蹤。警察們鑽進煙霧中時，發現空無一物，只剩下淡淡的煙霧瀰漫。

這時，耳邊傳來奇怪的聲音，好像在嘲笑警察似的。

「噹……噹……噹……噹……」

除了這個聲音之外，還聽到另外的奇妙聲音。

「普嚕、普嚕、普嚕、普嚕嚕嚕嚕……」

好像是風倒吹過來的聲音。周圍的樹木開始劇烈搖晃。

難道怪物刮起旋風飛上天空去了？警察們都有這種感覺。

通過白色的煙霧再往前進時，對面突然亮了起來。這裡已經不是森林，而是一片廣大的原野。難道這個小山頂上是一片原野？旋風就是從原野的那一端吹過來的。

警察們穿過森林，來到原野上。

「啊，你看那個！」

跑在前方的警察用手指著天空叫著。

哇！看上方，在小山頂原野的天空上，一架直昇機正在那裡盤旋。

「啊！銅鑼坐上直昇機逃走了！那個傢伙竟然事先就準備好直昇機待命。」

直昇機還不是飛得很高，隔著座艙罩還可以看到駕駛座。一名好像是銅鑼手下的駕駛，以及假扮成鄉下老頭的銅鑼坐在座位上。鄉下老頭俯看下方，正得意的笑著。

警察氣得握緊拳頭，對著天空大叫。雖然對空射擊，但是，根本無法射中直昇機。

直昇機不斷的往上盤旋，朝東京的方向飛去。機身逐漸變成如豆子般的大小，最後終於不見了。

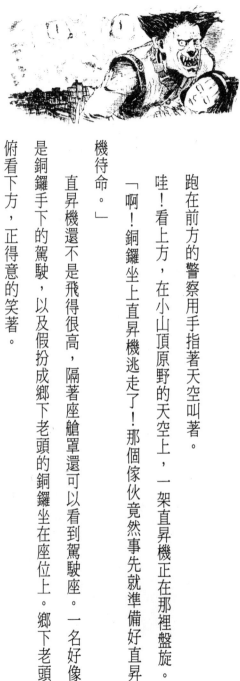

魔人銅鑼中了明智偵探的計，因此奸計無法得逞，並且倉皇逃走。

但是，名偵探也無法抓住銅鑼，因為萬萬沒有想到狡猾的他，連直昇機都早就準備好了。

地底的聲音

換個話題，說到在東京世田谷區的花崎先生家。這裡也發生奇怪的事情。

躲在西多摩郡山中的是假的花崎姊弟，那麼真正的小植和俊一是不是躲在家中呢？事實上並不是如此。兩人已經離開花崎先生的家。依照明智偵探的計策，他們躲到其他地方去了。

花崎檢察官夫婦和明智商量之後，把兩個孩子交給明智，只有他們知道事實的真相，其他人根本不知道孩子到哪裡去了。小植和俊一失蹤了，因此，外人都傳說他們可能被銅鑼抓走了。

花崎夫婦假裝對於這些傳聞很擔心，刻意打電話到處詢問。甚至故

意通知警政署的中村警官，由他帶領幾名刑警到花崎先生家進行調查。

中村警官是明智偵探的好友，他當然知道事實真相。不過，世人都認為兩個孩子失蹤了。一定要假裝兩人真的失蹤了，如此才能矇騙魔人銅鑼，因此，警察們刻意在住宅內外仔細的搜尋。

此外，每天都有一名刑警到花崎家，好像負責守衛似的。刑警穿著普通的西裝，看起來就好像是花崎先生的職員，因此並沒有人懷疑。

但是，刑警到底想要保護什麼呢？花崎先生家西邊的洋房盡頭是俊一的書房，隨時都有刑警坐在那裡看著窗外。難道是在等候銅鑼從庭院溜進來嗎？

奇妙的事情發生了。

有一天傍晚，一名傭人臉色大變，急急忙忙的跑進花崎太太的房間。

「太太，真是奇怪，先前我走在庭院中的時候，聽到有人唱歌的聲音。好像是俊一平常唱的歌，而且聲音也和俊一一模一樣。我覺得很奇怪，因此，在庭院的樹叢中找尋，但是，並沒有發現任何人。歌聲一直持續出現。太太，聲音好像是從地底傳來的，我覺得很害怕。難道俊一被埋在地底下嗎？歌聲聽起來非常寂寞、悲傷呢！」

傭人好像很害怕似的，回頭看著庭院，斷斷續續的訴說。

夫人聽到之後，並沒有表現出特別擔心的樣子，反而笑著安慰傭人：

「啊！你想得太多了。怎麼會有這種事情呢？一定是圍牆外的孩子在唱歌。」

傭人因為夫人不在意這件事情，因此只好退下。事實上，這件事情並不是傭人的心理作祟而已。

俊一真的在地底下唱著悲傷的歌嗎？俊一到底在哪裡？

當天晚上，發生了更可怕的事情。

花崎先生家上方黑暗的空中，有一部直昇機通過。螺旋槳的聲音掠空而過。

不過，因為經常有飛機或直昇機通過住宅上方，因此，並沒有人覺得奇怪。

不久之後，花崎先生家庭院的空中出現恐怖怪物的臉。

「噹、噹、噹、噹……」

好像教堂鐘聲似的奇妙聲音傳遍各處。花崎先生及其家人全都來到窗邊及走廊上，抬頭看著天空。

一張恐怖的臉，瞪大眼睛，露出尖牙，佈滿整個黑暗的天空。那張臉俯看花崎家的庭院，發出噹、噹的笑聲。

對方好像雲上的怪物一樣。在地面上的人根本無計可施。眾人全部逃入一個房間裡，摀住耳朵蹲在原地。

防空洞中

第二天，俊一的書房裡出現一位陌生的刑警。

刑警們採用輪班的方式，好幾個人輪流前往花崎家戒護。但是，今天這位刑警是以往不曾來過的人。陌生刑警說道：

「我在二、三天前才派來本地擔任刑警的工作。我是新來的。」

笑容可掬的向眾人打招呼。不過他是一位奇怪的刑警。

這位刑警不分晝夜，毫不鬆懈的負責看守。到了晚上九點，當所有的人都回到寢室、四周一片寂靜時，他打開俊一房間的窗戶，從窗戶跳入庭院中。

他站在一片漆黑的庭院中，看看周圍，確認沒有其他人時，走入廣大庭院的樹叢中。這位刑警到底想要做什麼？

樹叢中有像河堤般小小的隆起處。刑警來到土堆邊，嗒的一聲，打開土堆旁的四方形鐵門。

這是過去戰爭時建造的防空洞（空襲時避難用，在地底挖掘的洞穴）的入口。戰爭期間，一旦遇到空襲，全家人都會躲到洞中。

花崎先生庭院中的防空洞全都是用水泥打造的。打開鐵門走下樓梯，就可以進入水泥地下室中。

防空洞裡面是非常堅固的水泥建築物，因此不容易被破壞。此外，也可以當成倉庫使用。因此，花崎先生並沒有棄置防空洞，一直讓它留在原處。

刑警走下黑暗的階梯，接下來敲著另外一扇鐵門。

「誰呀？」

裡面傳來孩子的聲音。

「是我。是爸爸。把門打開。」

名人。

刑警用和花崎先生一模一樣的聲音說話。這位奇怪的刑警也是模仿

接下來聽到鑰匙轉動的聲音，鐵門打開了。

啊，怎麼會在這裡！……地下室中，竟然躲藏著失蹤的小植和俊一。由天花板上垂掛下來的小燈泡照著兩個孩子的臉。

為了瞞騙銅鑼，兩人假裝失蹤。事實上，兩個人在地下室中過著不自由的生活。趁著沒有人注意時，才由媽媽偷偷的把食物送過來。

兩人以為是爸爸前來而打開門，但是，看到門外站著的，卻是陌生的男子。正想關上門的時候，已經來不及了。刑警用力推開門，鑽進地下室裡。

「你們是小植和俊一吧？」

刑警笑著說著。

「你是誰？」

俊一回問。

「我是警政署的刑警。我來接你們，你們可以到外面去了。」

聽他這麼說，俊一想了一會兒，好像突然想起什麼似的說道：

「喔！那你為什麼要謊稱是我們的爸爸呢？」

「我只是惡作劇罷了！沒什麼別的意思！走吧。」

刑警說著準備牽兩人的手，但是兩人趕緊後退，推開了他的手。

「不要！為什麼爸爸、媽媽不親自來接我們呢？何況我們早就約定好了，只有爸爸、媽媽、明智老師才能到地下室來。其他的人都不能進來，其他人進來就必須視為敵人。」

俊一這麼說著。姊姊小植繼續說道：

「是啊！而且，今天早上媽媽說昨晚我們家的天空上方出現銅鑼的臉，那是銅鑼要來的前兆。」

「對了，你就是那個銅鑼或是銅鑼的手下。你想來抓我們嗎？」

俊一大叫著。這時刑警發出可怕的笑聲。

「呼嘿嘿嘿……，你們真的很聰明。既然被你們發現了，那我也只好承認了。我就是銅鑼，呼嘿嘿嘿……，不是手下，我就是可怕的銅鑼。我是變裝名人，可以喬裝改扮成任何人。真正的刑警被我抓起來了，我代替他到這裡來。你們跟我走！」

小植和俊一看著對方，竟然笑了起來。難道他們不怕魔人銅鑼嗎？

俊一的臉上露出頑皮的表情說道：

「但是，銅鑼先生，真抱歉，我不是俊一。旁邊的也不是小植。」

少年突然頑皮的說出奇怪的話。

「我是少年隊的安公，這位姊姊名叫阿秀。聰明的銅鑼叔叔竟然也會被騙。哇——！」

阿秀和安公從銅鑼的身旁快速溜走，很快的跑到入口外，迅速關上門，並且從外面上鎖。

即使是魔人銅鑼，也被少年隊的安公玩弄於股掌之間。聽說對方是假冒的，因此嚇了一跳，結果竟然一不小心中了對方的計謀。

少年隊的少年們全都好像小松鼠似的，動作敏捷。尤其安公更是因為身手矯健而著名。縱使面對大敵銅鑼，也能順利的閃躲溜走，真是太厲害了。

五隻老鼠

假扮成刑警的魔人銅鑼企圖打開鐵門，但是，鐵門非常堅固，根本打不開。他氣得用身體撞門，然而門卻一動也不動。

如果有一根鐵絲就可以開鎖了。銅鑼當然可以辦到這一點。但是他並沒有找到鐵絲。銅鑼失望的坐在擺在地下室角落的床上。

「明智真的是可怕的傢伙。沒想到在這裡他也安排了計謀。」

跑到西多摩的山中，結果那裡的是假冒者。心想兩個孩子應該躲在家裡。好不容易找到防空洞，卻沒想到躲在這裡的又是假姊弟。明智偵探深不可測的計謀，連銅鑼都甘拜下風。

正坐在床上思考時，感覺有東西在旁邊移動。

在沒有人的地下室裡，應該沒有東西會動。「真是奇怪」，銅鑼感覺懷疑而仔細查看。發現前面的水泥牆下，有一個十公分大小的洞穴。洞穴內一片黑暗。但是，先前的確有東西在洞口附近移動。

難道洞穴中有活生生的東西？

心想可能有大蛇躲在裡面。即使是生性大膽的銅鑼，也覺得很不舒服。他面露異樣的表情，持續瞪著洞穴看。

黑暗的洞中又有東西鑽出來了。小小的眼睛閃閃發亮，嘴巴尖尖的，還有五、六根長鬍鬚。

「咦！這不是老鼠嗎？」

銅鑼不禁喃喃自語的說著。老鼠小心的移動，好像在思考什麼似的。因為銅鑼非常安靜，因此，老鼠安心的從洞口鑽進地下室。

「既然老鼠可以從那裡爬進來，那麼洞穴應該可以通到外面。只要把洞穴挖大一點，再挖開土堆，應該就可以逃走了。」

銅鑼心裡這麼想。的確，這個洞穴應該可以通到某處。到底會通到什麼地方呢？如果銅鑼知道這一點，他一定會嚇一大跳！

先前的老鼠沿著地下室的角落咻的跑到對面。洞穴中又有東西探出頭來，原來是第二隻老鼠。

第二隻老鼠離開洞穴，正在附近徘徊時，洞中又有第三隻老鼠鑽了出來，接下來出現第四、第五隻，總計鑽出五隻老鼠。

「真是奇怪？怎麼會有這麼多隻老鼠跑過來？這裡並沒有任何食物啊！」

銅鑼覺得很不自在。老鼠好像在嘲笑被關在地下室的自己似的，令他很不高興。

「這些畜牲！」

銅鑼突然站了起來，用腳拼命跺地，似乎想把老鼠趕回原先的洞中。

但是，老鼠持續在地下室打轉，並沒有逃入洞穴中。

這到底是什麼原因呢？難道洞穴裡藏有可怕的動物，老鼠因為害怕而不敢回洞穴中嗎？

這時，可怕的事情發生了。洞穴中流出水來了。

看到這種情景，銅鑼嚇得臉色蒼白。

洞穴裡的確有可怕的傢伙，原來是水。老鼠因為被流水追趕，因此逃到這個房間來。

水勢突然變得猛烈，從洞穴沖了過來，就好像噴泉似的，力量非常強大。

「啊！我知道了。這個洞穴通往池底。」

銅鑼想起花崎先生家庭院中的水池。

故事開頭，曾經介紹過池中出現銅鑼巨大的臉。原來是池中的水流入洞穴中。

當銅鑼被關在地下室時，有人打開池底的蓋子，因此水流了過來。流入的水立刻淹滿地下室的地面，到達站在地面上的銅鑼的腳踝處，而且水位不斷的上升。

五隻老鼠都跳到床上。銅鑼也跳到床上。

水位繼續不斷的升高，已經快要到達床上了。

銅鑼在水中漫漫地撩水行走，接近鐵門時再次用力的推拉，可惜還是無法打開。

哇！水面已經到達銅鑼的腰部了。

水中的銅鑼

地下室的水已經淹到銅鑼的腰部，接下來到達腹部、胸部、肩膀，深度越來越大。大水池中的水流入防空洞裡，當然有可能淹到天花板。可怕的水並沒有停止流動，水面越來越高了。

在水中游泳的五隻老鼠還在做垂死的掙扎，陸續往銅鑼身上爬。對於老鼠而言，銅鑼的身體就好像是大海中的岩石一樣。除了往銅鑼的身上爬之外，並沒有其他的逃生方法。即使銅鑼拼命驅離老鼠，但是，這些小生物還是頑固的往上爬。

水淹到銅鑼的頸部，接下來到達下巴，終於到達嘴巴，已經無法站在那裡了。銅鑼只好開始在冰冷的水中游泳。

老鼠急忙爬到銅鑼的頭上。看啊！銅鑼喬裝改扮而戴的假髮上，是

五隻死命掙扎的老鼠。

雖然銅鑼用手撥開老鼠，但是，還在做垂死掙扎的老鼠，甚至開始用尖牙咬銅鑼的手指。不僅手指，連耳垂、鼻頭全都遭殃了。銅鑼的臉開始流血，慘不忍睹。

銅鑼大叫著「畜生！討厭的老鼠！」接著鑽入水中。因為頭沈入水中，使得老鼠無法呼吸時，只好離開銅鑼的頭，浮在水面游泳。

但是，銅鑼無法一直沈入水中。當因為呼吸困難而再次抬起頭來的時候，老鼠好像早就等在那裡似的，趕緊游向銅鑼的臉與頭，而且抓著他的耳朵、鼻子和嘴巴不放。

於是銅鑼再度鑽入水中，逃離老鼠。但是無論怎麼做，最後都是同樣的情況。銅鑼只好放棄，讓老鼠在自己的頭上游泳。

突然間，發現垂掛在防空洞天花板上的燈泡快要碰到水面了。天花板和水面距離不到六十公分。地下室很快就要被覆蓋了。

不久之後，周圍變成奇妙的顏色。天花板微暗，燈泡在水中綻放光芒，周圍的水變亮了。當水面掀起波紋時，就會閃耀美妙的光芒。

這種美麗的景象只持續了一會兒，然後就聽到啪的一聲，燈泡熄滅了，四周陷入一片黑暗。

如同地獄般的黑暗，在冰冷的水中沒有任何聲響，只剩下為了站立游泳而慢慢撥水的銅鑼的手腳，以及緊緊抓著銅鑼的臉和頭的老鼠的聲音。

即使是魔人銅鑼，也開始感覺可怕了。再過十分鐘，水就會淹到防空洞的天花板。到時候就不能呼吸而溺死在水中了。

不，更可怕的是四周的黑暗、緊緊糾纏在頭上的五隻老鼠，以及如果不活動手腳就會讓自己溺斃的冰冷的水。

此刻，魔人銅鑼全身湧起恐懼感。

「救命啊……。我無法呼吸了……。救命啊……」

銅鑼正在做垂死的掙扎。

銅鑼也不是什麼魔法師，現在他也無計可施了。在一片黑暗中，只能等待溺水而死。

即使是壞人，遭遇到這樣的下場也未免太可憐了。明智偵探真的準備以這種方式除掉銅鑼嗎？

地上與地下

這時，花崎先生家廣大的庭院中，出現幾十位黑壓壓的人影。許多人聚集在防空洞土堆周圍。

手電筒的光線照亮四周。在庭院裡，手電筒的光芒好像星星般的閃爍。

庭院的水池周圍，有四、五個黑色的人影。他們的身影矮小，看起來像是小孩。

手電筒的光，照著水池表面。

「啊！池水減少了。看來防空洞裡已經積滿了水。」

「嗯！如果不快點去救他，那傢伙可能會淹死喔！」

是少年說話的聲音。

仔細一看，發現池水已經減少了一半。

手電筒的光照在一名少年的臉上。原來是井上一郎。他是少年偵探團的團員。周圍的少年全都是少年偵探團的團員嗎？

防空洞的周圍，聚集著許多短小的黑色身影。

防空洞兩端土堆的盡頭，都有出入的鐵門。此時鐵門緊閉。兩邊出入口前聚集許多小小的身影。

其中一邊的出口前傳來聲響。

「小林團長，沒問題嗎？那個魔法師會不會從防空洞中逃走呢？」

「不會的。他不是什麼魔法師，只是一個普通人。他只不過是利用邪惡智慧假裝自己會變魔法。即使是銅鑼，在這樣嚴密的防空洞裡也無法逃走的。」

手電筒的光移動著，照著兩人的臉。一位是偵探團團長小林少年，另外一位就是膽小的阿呂。

「那麼，現在防空洞裡淹滿了水，那個傢伙會不會死掉啊？」

阿呂好像很擔心似的說著。

「不會的。明智老師不會殺人。你看那裡！」

小林少年用手指著防空洞的土堆上方。

好像小山丘的土堆上方，出現三個好像大人的人影。其中一人站在那裡，用手電筒照明並做出指示，其餘兩人各拿著一把鐵鏟，正在挖掘土堆上方的泥土。

「咦！在那裡挖洞就可以救出銅鑼嗎？」

「不是救他，而是抓他。銅鑼中了明智老師的計。這樣花崎先生就可以安心了。」

防空洞周圍除了少年之外，還有幾名穿著制服的警察。為了逮捕魔人銅鑼，大家都在等待著。

在防空洞的水中，失去魔力的銅鑼大叫著：

「救命啊……，快來救救我……」

但是，防空洞中都是水，空氣全都被擠壓到天花板的附近，因此呼救的聲音聽起來很奇怪。當然，外面的人也聽不到。

銅鑼不斷的叫著，最後終於沈默了下來。因為水太冰冷，銅鑼全身發麻，浮在水面上，只有手腳還在持續掙扎。

「畜牲！明智這個傢伙竟然敢這樣對待我……。但是，我絕不會放棄的，我一定要離開這裡找機會報復。」

銅鑼喃喃自語的說著。

就在這時，不知道從哪裡傳來普嚕嚕嚕……的奇怪聲音。好像是摩托車發動引擎的聲音。

「咦！不對。摩托車不可能到這個地方來。好像是水不知流到哪裡去了。是不是從小洞流出去了？」

銅鑼伸手摸摸天花板，腦中思考著。

但是，天花板和水面之間不但沒有越來越遠，反而更加接近了。水並沒有消退。

「普嚕嚕嚕嚕嚕……」

又聽到奇妙的聲音。摸著天花板的手開始顫抖，也就是說，水泥天花板本身正在震動。

「普嚕嚕嚕……。普嚕嚕嚕……」

聲音越來越大，天花板劇烈的振動。

並不是地震。但這應該是可怕事件的前兆。魔人銅鑼面對這種難以言喻的恐怖，嚇得全身發抖。

啊！水泥天花板發出嘎喳嘎喳的聲響，已經裂開了。用手觸摸就可以感覺到。

也許真的發生地震了。天花板被破壞，上方的土堆可能就會陷落下來，到時候銅鑼就被活埋了。

「普嚕嚕嚕嚕嚕……，普嚕嚕嚕嚕嚕……」

聲音並沒有停止。接著上方有東西噼喳啪喳的落下。好像是沙子，又好像是小石子，甚至有大石塊擦過頭上，陸續落下水面。

銅鑼覺得自己即將離開人世，真的已經無計可施了。即使鑽入水中也無法獲救。

銅鑼這時只能抱持覺悟之心，持續忍耐著掉落在頭上的沙石。

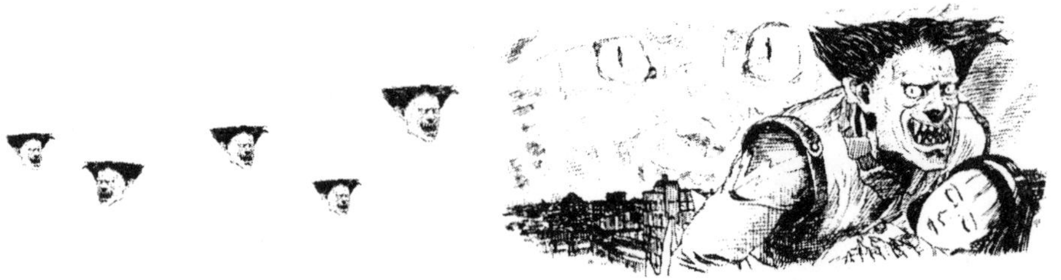

洞穴上

一直用鐵鏟挖掘防空洞上方的土堆，終於出現厚厚的水泥。這正是防空洞的天花板部分。

不能再用鐵鏟挖掘了，於是改用事先準備的電動鑿岩機，連接庭院的燈泡線，開始破壞水泥。就好像工人修築道路時，將細長的機械豎立在地面上，雙手在上方按壓，答答答答……，開始破壞水泥。

先前銅鑼以為的地震，原來是鑿岩機發出的聲音。頭頂上落下的正是水泥塊。

還好及時挖出五十公分大的洞穴。在一旁等待的明智偵探，用手電筒往洞穴裡照去。

洞穴中全都是水。水面上浮著可憐的銅鑼的頭，以及在銅鑼頭上爬行的老鼠。可憐啊！銅鑼滿臉都是血。

在明智的叫喚下，一名警察從土堆下跑了上來。他是警政署的中村警官。

「銅鑼，不要緊吧？」

「不要緊。水已經止住了。應該不會再增加了。不過，銅鑼的臉上都是血，這是怎麼回事啊？」

「是不是被水泥塊撞到的？」

「不，我知道了。不是的，你看，他的頭上有許多老鼠在爬，是老鼠咬的。真可憐哪！」

明智偵探說著笑了起來。

泡在水中的銅鑼，有好一陣子不知道發生了什麼事情，只是一臉茫然的抬頭看著洞穴外。最後終於弄清狀況，生氣的瞪著上方說道：

「喂！是明智在那裡嗎？另外一個是中村警官嗎？」

「是啊！真抱歉，讓你遭遇到這樣的下場。但是為了抓你，也只能採用這種方法了，因為你是魔法師嘛！不過，你的魔法怎麼失靈啦？在這種緊要關頭竟然施展不出法術來。」

明智一邊看著洞中的情景，一邊說著。這時，下方傳來咬牙切齒的聲音。

「你們怎麼知道我的魔法如何？以後我就會讓你們見識到我厲害的魔法。下一次絕不讓你們活著！」

「哈哈哈……，不要再說這些威脅的話語了。你絕對不會殺人的。而且你根本不會使用魔法，因為你並不是魔法師。」

「嗯！你怎麼知道我的魔法祕密？」

「我當然知道。所以無論你怎麼威脅，我都不會害怕。」

「咱們走著瞧！」

「現在什麼都別說了。難道你要一直待在水中嗎？」

「你們真想綑綁我嗎？我是絕對不會乖乖束手就擒的。你聽著，咱們走著瞧！」

「真是個頑固的傢伙。那麼，你就一邊在水中游泳一邊聽著。就算你有魔法，我也已經知道你魔法的祕密了。

只是，有關於你的臉出現在空中，以及大銅鑼臉從池底浮上來，還有發出噹、噹的聲音這三個祕密，令我感到相當好奇。」

「喔！你想知道祕密嗎？」

「你在騙孩子啊！只要利用錄音機或擴音器，任何人都能製造出噹噹聲。而且只要用大型的擴音器，聲音就可以傳到好幾百公尺遠的地方。」

「哦！這一點你想到了。但是，還有另外兩個祕密。很難吧？你能解開謎底嗎？」

在水中只露出頸部、滿臉鮮血的銅鑼開始笑著。

「那也沒什麼，兩個都是騙孩子的把戲。你做的事情每次都在騙孩子。不過，卻是出人意料之外的奇招，因此能夠欺騙世人。只要知道你的習性，就能揭穿你的祕密。」

「那麼，你解開謎團了嗎？」

「當然解開了。」

這真是一幅奇妙的光景。一個人蹲在洞穴上方，用手電筒照射洞穴中，另外一人則是滿臉鮮血，在冰冷的水中游泳。

兩人持續奇怪的問答。

銅鑼的祕密

這時，防空洞的土堆旁發生奇怪的事情。

聚集在那裡的十多位少年偵探團與流浪少年隊的團員們，正在竊竊

私語著。

「咦！這個想法不錯。我從模特兒店的垃圾箱裡撿來這個東西，是孩童模特兒人偶。讓他穿上俊一的衣服吧！」

流浪少年隊的安公少年，得意的對大家說。安公站在與自己的身材相同的模特兒人偶旁邊，用雙手扶著人偶。那是一個一隻耳朵斷裂，手腳滿是傷痕，已經無法再使用的模特兒人偶。

「你的想法真是奇怪？你認為這是個好計策嗎？」

一名少年偵探團的團員，好像嘲笑他似的說著。

「也許不是好計策。但是可以試試看！誰把俊一的衣服借給我。」

流浪少年隊的安公，堅持自己的想法。

大家詢問小林團長的意見。小林少年說道：

「可以試試看。安公的想法很有趣。雖然沒有人來救銅鑼這個傢伙，但是他可能會出其他絕招。我去借俊一的衣服。」

小林少年說著，從一片漆黑的庭院中跑開。不久之後就拿著俊一的衣服回來了。

大家手忙腳亂的幫滿是傷痕的人偶穿上俊一的衣服，並且讓人偶蹲下來，在地面上插一根短木棒，讓人偶靠著，避免倒下去。頭上戴著學生帽，乍看之下和俊一神似。人偶的臉的確很像俊一。

小林少年用手電筒檢查，接下來說道：

「做的不錯。猛然一看，我還以為是俊一呢！」

稱讚安公的智慧。

假的花崎俊一就蹲在黑暗中。

這個假人到底能發揮什麼作用呢?流浪少年隊的安公，他有著奇怪的想法。

做好假人之後，少年們站在周圍，等待時機到來。

防空洞的水中與天花板的洞穴上，奇妙的問答依然持續著。

「那麼，你知道我的魔法的祕密嗎？」

水中的銅鑼，好像嘲笑對方似的大叫。

「你是說天空中出現銅鑼臉的技巧嗎？那就好像放映畫在玻璃上的畫一樣。」

明智偵探若無其事的回答。

「那是騙小孩的把戲。但是，這個把戲的確很高明。你首先派遣直昇機，在空中佈滿白色煙霧。以煙霧為銀幕，再利用擺在某個屋頂上的工具，也就是類似探照燈會發出強光的放映機，放映畫在玻璃上的銅鑼的臉。出現在空中的銅鑼的臉，看起來模糊不清，理由就在於此。銅鑼看起來好像在笑，這是因為銀幕的白煙在動，所以才有這種感覺。

我說的沒錯吧！你不回答表示默認嘍！

但是，這麼做必須花費很多錢。為什麼魔人銅鑼會做這麼愚蠢的事呢？是為了嚇花崎先生。不，應該說是為了嚇世人。而且要向我挑戰。

我說的沒錯吧！你很喜歡做這種誇張的事情。」

啊！出現在空中的怪物，只不過是放映在玻璃上的畫而已。的確是很奇特的想法。

被困水中的銅鑼沈默不語。用手電筒的光照射，看到他閉上眼睛。明智一語道破他的計謀，因此他一言不發。明智繼續說道：

「水池中浮現巨人的臉的祕密，同樣也是騙小孩的把戲。用大塑膠布畫上巨大銅鑼的臉，裝上玻璃或是塑膠眼珠。將鼻子變高，嘴巴則挖開一個大洞，再用塑膠等東西做成兩顆尖牙。

大塑膠布下方放著密閉的袋子，然後利用長塑膠管，從庭院茂密的森林中陸續送入空氣。當袋子膨脹時，巨大的臉就從池底浮上來囉！

我又猜中了吧！這的確是只有你才想得出來的手法。俊一看到巨臉後趕緊逃走。這時，躲藏在茂密樹叢中送出空氣的你也立即離開。捲起池中的臉，並且放掉袋子裡的空氣，摺疊成小小的東西。這時應該有助

手在附近，因為你不可能單獨運走送空氣的道具。」

說到此處，魔人銅鑼的魔法祕密全部都被揭穿了。不愧是名偵探，立刻就能看穿一切。

水中的銅鑼還是沈默不語。頭一直浮在水面上，不知道到底是生是死。他真的非常安靜。

明智繼續說道：

「你怎麼都不說話呢？因為都被我說中了吧！你感到很頹喪嗎？哈哈哈……。但是，你還有一個更可怕的祕密。

你為什麼一直想要抓住小植和俊一，就是為了讓他們的父親花崎檢察官痛苦。因為你曾經因為他而遭遇悲慘的下場。你想要報復。

花崎先生並不是壞人，但是，身為檢察官必須嚴懲壞人。因此，怨恨花崎先生的人不僅犯罪者而已。你可能因為花崎先生的緣故而受到嚴重的刑罰。

先前，我詢問過花崎先生是否曾經得罪像你這樣的人，花崎先生寫下五、六個人的名字，其中就包括你的名字。

一開始我就猜想應該是你。但是，如果只是想向花崎先生報復，不需要使用這麼誇張的魔法。你一直想要做出震驚世人的行為。你出現在我的面前，就是想要向我挑戰。

小植成為我的助手，這件事情變成你復仇的關鍵。只要抓住小植，不僅能讓花崎先生痛苦，同時也會造成我的困擾，也就是說你可以一箭雙鵰。

你也恨小林和少年偵探團，因此，讓小林遭受可怕的下場，想要藉此嚇阻少年偵探團，嘲笑、欺負他們。

喂！銅鑼，不僅對花崎先生，對我和小林恨之入骨的人，世上沒有第二人。

說到這裡，我想你應該很明白了。我已經識破你的真相了。」

明智偵探用手電筒照射在水中漂浮的銅鑼的臉。接下來，用沈重的聲音做最後的宣告，

「你就是怪盜二十面相！另外一個名字是怪人四十面相！」

少年偵探團萬歲

哇！魔人銅鑼竟然是怪盜二十面相。在場的中村警官似乎感覺很驚訝，因為沒有人察覺這一點。看穿這一切的明智，不愧是名偵探。

明智拜託中村警官將二十面相從水中撈起來。因此，警官叫喚在防空洞土堆周圍的部屬，命令他們逮捕犯人。

這時，警察群中還有一個小小的人影也跑上防空洞，來到名偵探的身邊耳語。他就是小林少年。

明智聽了小林的話，莞爾一笑，點頭輕聲的對他說道：

「好，這的確是好計謀。一定會發生這樣的事情。」

二十面相被抬到防空洞的洞穴外，銬上手銬，由三名警察包圍著他。他蹲在地上，終於抬起頭來，對著明智說道：

「明智先生，真是遺憾，我輸了。我中了你的圈套。我沒有想到你的計畫竟然是計中計。雖然這次被你打敗了，但是你最好了解到，我一定會復仇的。」

不過，明智先生，我想問你一件事情。小植和俊一到底藏在哪裡？藏在山中的是假冒者，防空洞裡的也是假冒的。兩人到底藏在哪裡。我已經被銬上手銬，周圍又佈滿警察，已經無法逃走了。你可以告訴我真正祕密了吧！」

明智偵探笑著聽他說話。當對方說完時，他立刻回答：

「兩人就在這裡。小植和俊一，沒關係了。你們到這裡來。」

聽到叫喚時，對面黑暗的樹叢中出現三個人影。明智將手電筒的光

線朝那裡照射，果然看到小林少年和小植與俊一。

「啊！就在這裡？他們不可能躲在庭院中吧！在此之前到底躲在哪裡？」

二十面相好像很懊惱似的叫著。

「既然你問我，那麼我就告訴你吧！他們倆人一直躲在我的公寓裡。」

明智聽完之後，二十面相搖搖頭說道：

「別說謊。我搜查過你的公寓好幾遍，那裡根本沒有人。」

「的確有人在裡面。我的公寓裡有各種機關。在秘密的場所設有各種機關。無論你怎麼搜尋，都找不出孩子的躲藏處。」

明智偵探的事務所位於麴町公寓。雖說是公寓，但是共有六個房間，只要花工夫設計，的確可以製造出一些祕密場所。

二十面相聽了之後再度沈默不語。正當兩人問答時，小植和俊一已經走下土堆，消失在聚集的少年們身後。

「喂！二十面相，站起來。警政署的特別室正在等你呢！現在就帶你過去。」

中村警官大叫著。二十面相在三名警察的帶領下，走下防空洞的土堆。中村警官和其他警察用手電筒照著這幾個人，嚴密的前後監視。

但是，當二十面相步下土堆時，卻發生莫名其妙的事情。

二十面相突然掙脫三名警察，快速往前跑去。仔細一看，手銬不知道什麼時候被打開了，並且被扔到地面上。

黑暗中不斷傳來二十面相不屑的大笑聲音。

「哇哈哈哈哈……，我是魔法師。開手銬對我而言是家常便飯。小植在哪裡？俊一在哪裡？我要來抓你們嘍！」

二十面相大聲叫著，朝黑暗的庭院不斷的奔跑，想要找尋小植和俊一。

少年偵探團的團員和流浪少年隊的少年們，發出「哇哇」的叫聲，趕緊聚集在一起逃走。小植和俊一不知道是否也躲在裡面，根本看不到他們。就好像在黑暗中玩捉迷藏一樣。

一群少年倉皇的逃走，追趕在少年身後的是二十面相，而接著追趕二十面相的是一群警察。在黑暗中，手電筒的光不斷的晃動著，根本弄不清楚狀況。

「小植、俊一，你們在哪裡？我來找你們了！」

二十面相用可怕的聲音大叫著。

「哇——哇——……」

少年們聚集在一起逃走。這時，一名少年跑得比較慢，好像跌倒在地上。

「啊！是俊一。」

二十面相叫著撲向這名少年。立刻把少年挾在腋下，回頭看著追兵，雙腳叉開站在那裡。

「喂！我手上握有人質。你們敢過來就試試看，我會把他殺了！怎麼樣！明智在嗎？知道我最後的力量嗎？哇哈哈哈……。如果想要俊一的命，大家全部到那邊去。不要追過來，我要離開這裡。」

二十面相大聲的叫著。在黑暗中，有一個小小的人影逐漸接近，突然用手電筒照射二十面相。

「喂！二十面相，藉著這個光你仔細看清楚，你手上抓著的是不是比普通人更輕的東西啊。那不是俊一，而是很像俊一的人偶。」

二十面相聽到之後嚇了一跳，趕緊看著挾在腋下的人。的確是比一般人更輕。先前泡在防空洞的水中，身心俱疲的二十面相心慌意亂，並沒有察覺到這一點。誰會想到在花崎先生家的庭院，竟然還有模特兒人偶的陷阱。滿臉鮮血的二十面相，誤以為自己抓到了活生生的少年。

原本以為抓到的人質是俊一，沒想到竟然是人偶。二十面相呆立在

那裡。這時，五名警察從四面八方包圍過來，再度抓住二十面相，把他推倒在地。

既然用手銬無法抓住他，那麼，這次五個人用繩子緊緊的綑綁二十面相的手腳與全身。眾人扛起二十面相的身體，直接將他運送到在大門外等待的三部巡邏車中的一部車子上。

中村警官和兩名警察也坐上這部車子。左右包夾二十面相，直接把他送往警政署。其餘的兩部警車則由其他警察乘坐，前後護衛二十面相的車子。到此，即使再狡猾的二十面相，也無計可施了。

在花崎先生家的庭院中，少年偵探團與流浪少年隊的少年們，紛紛包圍著明智偵探和小林團長。主人花崎夫妻則從家中走了出來。和少年們在一起的小植和俊一趕緊撲向父母的懷中。

花崎先生攤開雙手抱住兩個孩子，同時向明智偵探道謝。

「明智先生，小林，還有各位少年偵探團的團員們，真是謝謝你們。

我們真的非常高興。」

「今天晚上立大功的，就是這位流浪少年隊的安公喔！」

明智偵探牽著安公的手，把他拉到花崎先生的面前。花崎先生摸摸安公蓬亂的頭髮，向他道謝。

花崎先生牽著小植和俊一的手走回家中，並且請大家一起進去。走到住宅前的走廊附近時，書生（寄居在他人家中幫忙做家事的讀書人）跑了出來，說道：

「剛剛警政署的中村警官打電話來，他說二十面相已經順利的被關入警政署的地下室，請大家安心。」

聽他這麼說，少年們發出「哇——」的歡呼聲。大家都手舞足蹈的叫著。

「少年偵探團萬歲……」

「流浪少年機動隊萬歲……」

解說
BD徽章是少年的憧憬

二上洋一（文藝評論家）

〈我、我、我們是少年偵探團〉的主題曲，曾經擄獲全國少年、少女的心，那是一九五五年的事情。

在家庭電視機普及之前，大眾傳播媒體的代表就是廣播電台，而電台連續劇「少年偵探團」的主題曲就是這首歌。當時與「新諸國物語・吹笛童子」、「赤銅鈴之助」等同樣深獲好評。

『魔人銅鑼』是以『妖人銅鑼』為標題，在「少年」這份少年月刊中連載，這是一九五七年的事情。到底當時有多麼受人歡迎，只要看當年江戶川亂步連載的作品數目就可以了解了。

江戶川亂步在「少年」雜誌上寫『妖人銅鑼』，同時，在少女月刊「少女俱樂部」中也發表了『魔法人偶』。另外，在少年月刊「少年俱樂部」，一月到十二月號連載『馬戲怪人』。

在「快樂的三年級」一月到三月號連載『魔法屋』，從四月號開始到翌年連載『紅色獨角仙』。『魔法人偶』成為單行本時，更名為『惡魔人偶』。

由此證明，當時這類型小說的確深受歡迎。

『魔人銅鑼』具有以下的特徵。

「怪盜二十面相」系列是，怪盜二十面相和明智偵探、小林少年的智慧決戰。這個作品中加入少女助手。

花崎植這位少女在自我介紹時，說「明智先生是我的姨丈，因此我從小就喜歡當偵探。高中畢業之後不想進入大學就讀，因此成為先生的助手」。

小植的父親花崎俊夫檢察官是一位名人，小植則成為小林少年的姊姊。

在『魔法人偶』中，小植相當活躍。因為連載於「少女俱樂部」，因此，應該是作者江戶川亂步考慮到少女讀者，而創作出來的新少女人物。

明智家族包括明智偵探、小林少年、花崎植、少年偵探團和流浪少年機動隊。

天空中出現魔人銅鑼的臉的澀谷車站附近（1955年）　共同通信社提供

少年偵探團的團員都有身分證，也就是用鉛製造的ＢＤ徽章。

ＢＤ是取Boy Detectives（少年偵探團）的開頭字母命名的，表面刻出Ｂ與Ｄ兩個字母。團員的口袋裡隨時備有許多ＢＤ徽章。

不單只是當成徽章而已，用鉛製造的徽章很重，遇到緊急狀況時，可以當成小石頭使用。也可以用刀子雕刻柔軟的鉛的內側，用以互通信息。遭遇綁架事故時，可以丟在路上做為信號。

另外，只要在背面的胸針上綁上繩子，就可以用來測量水的深度與高度。對於少年偵探團迷而言，是非常嚮往的道具。

一九六〇年發行的「少年」一月增刊號「偵探書」，其贈品就包括BD徽章和偵探手冊，非常受人歡迎，我也渴望得到。

當時，只要收集三張少年偵探團系列單行本上面附贈的兌換卷，就可以兌換一個BD徽章。將換得的徽章驕傲的別在胸前的少年，受到眾人的尊敬。

接下來介紹偵探手冊。

這個手冊收錄在一九五八年一月號的「少年」的附錄中，同樣深受歡迎。後來持續一段期間，成為每年一月號的附錄。

內容是「BD徽章與偵探手冊說明」、「摩斯密碼」、「密碼的製作方式」、「飛機的分辨方式」、「路標」等，內容包羅萬象。

「密碼的製作方式」是利用簡單的字謎製造的，因此「摩斯密碼」深深吸引少年們，極受歡迎。

最初發表『魔人銅鑼』時，少年偵探團成為少年們的憧憬。對於現代的少年、少女而言，「少年偵探」系列也是極具魅力、刺激的故事。

新登場人物小植的活躍，讓故事更有看頭。請大家充分享受『魔人銅鑼』吧！

少年偵探 1~26

江戶川亂步　著

1　怪盜二十面相

接獲失蹤的壯一即將歸國的好消息的同時，羽柴家也接到這封通知信。
擅長喬裝改扮的怪盜，到底會以什麼姿態來盜取寶石？
老人、青年，還是……。
「怪盜二十面相」與名偵探明智小五郎初次對決，現在就要開始了！

2　少年偵探團

整個東京都內，不斷傳出有關「黑色妖魔」的傳聞，而且陸續發生綁架少女事件，以及篠崎家的寶石，還有黑影似乎偷偷的靠近五歲的愛女小綠。難道由印度傳來的「受到詛咒的寶石」的傳說是真的嗎……。
繼『怪盜二十面相』之後，名偵探明智小五郎和少年助手小林芳雄所帶領的「少年偵探團」大活躍。

3　妖怪博士

跟蹤可疑的老人身後，來到一間奇妙的洋房。
少年偵探團團員之一的相川泰二，在那兒發現被五花大綁的美少女。
妖怪博士的魔爪伸向為了救出少女而偷偷溜進洋房的泰二。
此外，還有更可怕的事情，正等著追查整個事件的三名團員們……。

4　大金塊

秘密文件的另一半被盜走了！
那是說明宮瀨礦造爺爺留下的龐大遺產「大金塊」藏匿地點的秘文，
為了取回被奪走的一半秘密文件，而進入竊賊地下指揮部的少年小林，
他所看到的意外事實真相到底是什麼？
名偵探明智解開了謎樣的文章，趕赴島上，取回大金塊。

5　青銅魔人

在月光的照耀下，赫然出現一張嘴巴裂開如新月型的金屬臉，怪物體內發出齒輪轉動聲。
在半夜偷走鐘錶店裡的懷錶的竊賊，難道就是這個用青銅做成的機械人？
少年小林新組成「青少年機動隊」，為了名偵探明智小五郎，奮鬥不懈。
是否真的能夠掌握青銅魔人的真面目呢？

6　地底魔術王

在天野勇一所居住的城市裡，搬來了一個奇怪的叔叔。
他在少年們的面前，展現神乎其技的魔術，是一位魔法博士。
他說：「在我所住的洋房裡有『奇異國』。」
有一天，勇一和少年小林造訪洋房。但是就在博士展開魔術表演的舞台上，勇一消失在觀衆的面前。

7　透明怪人

一名紳士走進城鎮盡頭的磚瓦建築物中。
就在尾隨於其身後的兩名少年的眼前，
這個神秘男子脫掉大衣、襯衫，結果一裡面什麼也沒有。
肉眼看不到的透明怪人出現了，珠寶店和銀行大為震驚。
化裝成人體服裝模特兒的透明怪人出現在百貨公司，引起一陣騷動。

8　怪人四十面相

幾度從監獄中脫逃的怪盜二十面相，這次改名為「四十面相」，
宣佈要逃獄。
為了查明真相，來到拘留所的明智小五郎，與二十面相見面之後，
為什麼匆忙趕到世界劇場的後台去了呢……
劇場正上演著「透明怪人」事件的戲碼。

9　宇宙怪人

衆人啊的大叫一聲，屏住呼吸，因為在東京市的大都會銀座上空出現了五個 「在天空飛行的飛碟」。
彷彿來自遙遠星球的世界，擁有蝙蝠翅膀如大蜥蜴般的宇宙怪人降臨。
被在深山登陸的飛碟抓住的木村青年，訴說可怕的體驗，使得全日本，不，應該說是全世界都陷入大混亂中。

10　恐怖的鐵塔王國

「我有東西要給你看哦！」
小林少年被轉角處的老人叫住，看到偷窺箱裡竟然有從森林的圓形鐵塔爬下來的巨大獨角仙……。都市裡出現抓小孩的怪物獨角仙。
獨角仙大王所統治的恐怖鐵塔王國，到底在日本的哪個地方呢？

11　灰色巨人

從百貨公司的寶石展覽會中竊取珍珠的美術品，
然後抓住廣告汽球朝天空逃逸。但是逮到犯人之後，一看……。
綽號「灰色巨人」的怪人，這次盜走了「彩虹皇冠」。
尾隨怪盜而來的少年偵探團，來到一個馬戲團的大帳棚中。
奇妙的竊賊難道躲到裡面去了嗎？

12 海底魔術師

身上覆蓋著鐵製的鱗片，好像鱷魚一般的尾巴……
在黑暗的海底，有著好像黑色人魚的兩個綠色眼睛的怪物。
爬在地上的怪物想要奪走小鐵盒。
交到明智偵探手中的小鐵盒，
隱藏著載有金塊的沉船秘密！

13 黃金豹

屋頂出現了金色的影子，在月光的照射下，劃破了深夜的黑暗，
全身閃耀著黃金般光芒的豹出現在街上。
襲擊銀座的寶石商、吞掉寶石的豹，突然轉身逃走，像煙一般消失了。
夢幻怪獸到底是什麼東西？
夢幻豹

14 魔法博士

少年偵探團中有兩名好搭檔，他們是井上和阿呂。
看到「活動電影院」之後，
一直跟隨活動電影院的兩人，漸漸進入無人的森林中。
擋在面前的，竟然是可怕的黑影……。
等待著兩人的，是黃金怪人「魔法博士」意想不到的策略。

15 馬戲怪人

熱鬧的「豪華馬戲團」公演時，突然出現了可怕的慘叫聲。
觀衆全都回頭看。
在貴賓席黑暗的角落看到白色骷髏的影子！
攻擊馬戲團團長笠原先生一家人的骷髏男的模樣奇怪。
沒有人知道的大秘密，經由明智偵探及少年偵探團的推理而解開謎團。

16 魔人銅鑼

「噹……噹……噹……」空中傳來宛如教會鐘聲般的聲響，不禁抬頭一看。
結果，發現整個空中出現一張惡魔的臉。
巨大的惡魔正露出尖牙笑著。難道這是神奇事件的前兆……。
惡魔的神奇預言出現了。明智偵探的新少女助手小植即將遭遇危險。

17 魔法人偶

「我很喜歡留身哦！和我玩吧！」
和神奇的腹語術小男孩人偶相處得很好的留身，跟隨著小男孩和
白鬍子老爺爺到人偶屋去。
迎接他們的是美麗的姊姊，這位穿著長袖和服、名叫紅子的人偶，
看起來就好像活生生的真人一樣這是假扮成腹語術師的老爺爺的魔術。

大展出版社有限公司
品冠文化出版社

圖書目錄

地址：台北市北投區(石牌)
致遠一路二段 12 巷 1 號
郵撥：01669551＜大展＞
電話：(02) 28236031
28236033
傳真：(02) 28272069

・少年偵探・品冠編號 66

1. 怪盜二十面相	（精）	江戶川亂步著	特價 189 元
2. 少年偵探團	（精）	江戶川亂步著	特價 189 元
3. 妖怪博士	（精）	江戶川亂步著	特價 189 元
4. 大金塊	（精）	江戶川亂步著	特價 230 元
5. 青銅魔人	（精）	江戶川亂步著	特價 230 元
6. 地底魔術王	（精）	江戶川亂步著	特價 230 元
7. 透明怪人	（精）	江戶川亂步著	特價 230 元
8. 怪人四十面相	（精）	江戶川亂步著	特價 230 元
9. 宇宙怪人	（精）	江戶川亂步著	特價 230 元
10. 恐怖的鐵塔王國	（精）	江戶川亂步著	特價 230 元
11. 灰色巨人	（精）	江戶川亂步著	特價 230 元
12. 海底魔術師	（精）	江戶川亂步著	特價 230 元
13. 黃金豹	（精）	江戶川亂步著	特價 230 元
14. 魔法博士	（精）	江戶川亂步著	特價 230 元
15. 馬戲怪人	（精）	江戶川亂步著	特價 230 元
16. 魔人銅鑼	（精）	江戶川亂步著	特價 230 元
17. 魔法人偶	（精）	江戶川亂步著	特價 230 元
18. 奇面城的秘密	（精）	江戶川亂步著	特價 230 元
19. 夜光人	（精）	江戶川亂步著	
20. 塔上的魔術師	（精）	江戶川亂步著	
21. 鐵人Q	（精）	江戶川亂步著	
22. 假面恐怖王	（精）	江戶川亂步著	
23. 電人M	（精）	江戶川亂步著	
24. 二十面相的詛咒	（精）	江戶川亂步著	
25. 飛天二十面相	（精）	江戶川亂步著	
26. 黃金怪獸	（精）	江戶川亂步著	

・生活廣場・品冠編號 61・

1. 366 天誕生星	李芳黛譯	280 元
2. 366 天誕生花與誕生石	李芳黛譯	280 元

3. 科學命相	淺野八郎著	220 元
4. 已知的他界科學	陳蒼杰譯	220 元
5. 開拓未來的他界科學	陳蒼杰譯	220 元
6. 世紀末變態心理犯罪檔案	沈永嘉譯	240 元
7. 366 天開運年鑑	林廷宇編著	230 元
8. 色彩學與你	野村順一著	230 元
9. 科學手相	淺野八郎著	230 元
10. 你也能成為戀愛高手	柯富陽編著	220 元
11. 血型與十二星座	許淑瑛編著	230 元
12. 動物測驗—人性現形	淺野八郎著	200 元
13. 愛情、幸福完全自測	淺野八郎著	200 元
14. 輕鬆攻佔女性	趙奕世編著	230 元
15. 解讀命運密碼	郭宗德著	200 元
16. 由客家了解亞洲	高木桂藏著	220 元

・女醫師系列・品冠編號 62

1. 子宮內膜症	國府田清子著	200 元
2. 子宮肌瘤	黑島淳子著	200 元
3. 上班女性的壓力症候群	池下育子著	200 元
4. 漏尿、尿失禁	中田真木著	200 元
5. 高齡生產	大鷹美子著	200 元
6. 子宮癌	上坊敏子著	200 元
7. 避孕	早乙女智子著	200 元
8. 不孕症	中村春根著	200 元
9. 生理痛與生理不順	堀口雅子著	200 元
10. 更年期	野末悅子著	200 元

・傳統民俗療法・品冠編號 63

1. 神奇刀療法	潘文雄著	200 元
2. 神奇拍打療法	安在峰著	200 元
3. 神奇拔罐療法	安在峰著	200 元
4. 神奇艾灸療法	安在峰著	200 元
5. 神奇貼敷療法	安在峰著	200 元
6. 神奇薰洗療法	安在峰著	200 元
7. 神奇耳穴療法	安在峰著	200 元
8. 神奇指針療法	安在峰著	200 元
9. 神奇藥酒療法	安在峰著	200 元
10. 神奇藥茶療法	安在峰著	200 元
11. 神奇推拿療法	張貴荷著	200 元
12. 神奇止痛療法	漆浩 著	200 元

・彩色圖解保健・品冠編號 64

1.	瘦身	主婦之友社	300 元
2.	腰痛	主婦之友社	300 元
3.	肩膀痠痛	主婦之友社	300 元
4.	腰、膝、腳的疼痛	主婦之友社	300 元
5.	壓力、精神疲勞	主婦之友社	300 元
6.	眼睛疲勞、視力減退	主婦之友社	300 元

・心 想 事 成・品冠編號 65

1.	魔法愛情點心	結城莫拉著	120 元
2.	可愛手工飾品	結城莫拉著	120 元
3.	可愛打扮 & 髮型	結城莫拉著	120 元
4.	撲克牌算命	結城莫拉著	120 元

・熱 門 新 知・品冠編號 67

1.	圖解基因與 DNA （精）	中原英臣 主編	230 元

法律專欄連載・大展編號 58

台大法學院　　法律學系／策劃
法律服務社／編著

1.	別讓您的權利睡著了(1)	200 元
2.	別讓您的權利睡著了(2)	200 元

・名師出高徒・大展編號 111

1.	武術基本功與基本動作	劉玉萍編著	200 元
2.	長拳入門與精進	吳彬　等著	220 元
3.	劍術刀術入門與精進	楊柏龍等著	220 元
4.	棍術、槍術入門與精進	邱丕相編著	220 元
5.	南拳入門與精進	朱瑞琪編著	220 元
6.	散手入門與精進	張　山等著	220 元
7.	太極拳入門與精進	李德印編著	280 元
8.	太極推手入門與精進	田金龍編著	220 元

・實用武術技擊・大展編號 112

1.	實用自衛拳法	溫佐惠著	250 元
2.	搏擊術精選	陳清山等著	220 元

國家圖書館出版品預行編目資料

魔人銅鑼／江戶川亂步著；施聖茹譯
－－初版－臺北市，品冠文化，2002〔民 91〕
面；21 公分 — （少年偵探；16）
譯自：魔人ゴング
ISBN 957-468-166-1（精裝）

861.59　　　　91016307

版權仲介：京王文化事業有限公司

少年偵探 16 **魔人銅鑼**　　ISBN 957-468-166-1

著　　者／江戶川亂步
譯　　者／施　聖　茹
發 行 人／蔡　孟　甫
出 版 者／品冠文化出版社
社　　址／台北市北投區（石牌）致遠一路 2 段 12 巷 1 號
電　　話／(02) 28233123・28236031・28236033
傳　　真／(02) 28272069
郵政劃撥／19346241
E - mail／dah_jaan @yahoo. com. tw
登 記 證／北市建一字第 227242 號
區域經銷／千淞圖書有限公司
地　　址／台北縣泰山鄉楓江路 86 巷 21 號
電　　話／(02) 29007288
承 印 者／國順文具印刷行
裝　　訂／源太裝訂實業有限公司
排 版 者／千兵企業有限公司
初版1刷／2002 年（民 91 年）11　月

~~定　價／300 元~~
特　價／230 元